月明かりの下、
君に溺れ恋に落ちた。

nako.

あなたしかいらないから
あなたで私の世界を染めたいの

contents。

出会ったその日に	7
奪われた心	47
コイゴコロ	81
通じ合えば……	111
大胆なキミ	143
ゼロ距離	163
後ずさり	187
大声で「好き」だと叫ばれて	209
頬を赤く染めたあの子	237

嫌な予感	269
想いにオモワレ	301
その手が触れるたび	325
あとがき	354

出会ったその日に

"普通"ってなんだろう。

　学校の帰り道を歩いていると、いつもふとそんなことを思ってしまう。

　私、加島朝日は、後先なにも考えないそこらへんによくいる女子高生。

　毎日、楽しいこと起きないかなーなんて、"普通"じゃないなにかに期待してる自分がいる。

　昔、『普通の人生なんてつまんない』ってぼやいてたら、お母さんが『普通がいちばん幸せなのよ』って言いながら優しく微笑んだ。

　あのときお母さんが描いていた"普通"ってどんなものだったのかな。今はもう確かめることはできない。

　同じことを自問しては答えが見つからず戸惑う日々。

　今のところ、我ながらつまんない人生を歩んでるなーと思ってたんだけど。

「……えっ？」

　目に飛び込んできたのは、なぜか私の家の前に横たわる、黒い物体。

　見知らぬ男が仰向けで寝転がっている。

　真っ黒なスーツに、不自然に血のようなものがところどころにじんでいるのがわかる。

　近づくと、ジャケットの腕のあたりが裂けていて、その裂け目から痛々しい傷が見える。

「あの……？」

ゆさゆさと揺さぶってみても、ピクリとも動かない。
　警察に電話しようとしたけど、なにか怖い関係の人だったら、面倒なことになるかもしれない。
　警察を呼ぶのはやめて、スマホをポケットにしまった。
「どうしよう」
　思わず独り言が口をついて出る。
　頭が真っ白になるくらい、怪我はひどい。でも家に入れたくないし、でもでも警察呼ぶのはちょっと怖いし抵抗あるし。
　もう……仕方ないよね？
　ズルズルと男の腕を引っ張りながら、家に入る。
　こんなところ誰かに見られたら、なにやってるんだコイツって思われるかも……。
　でもそのままにしておくと、近所の人に通報されそうだし。ほんとに仕方なかったんだと思うの。
「うひゃぁー！」なんて声をあげながら、なんとかリビングにたどり着いたけど。
　私が強引に男を動かしたせいで、傷口から血が出て床が汚れてしまった。
　すぐに拭いたから落ちたはいいけど。
　見た目は細いのに、触ったら筋肉もちゃんとついていてけっこう重いし、さすが男の人だなーって思った。
　それから意外だったのは、その綺麗な顔。
　おんなじ人間だとは思いたくないほど。
　目をつぶったままの男の顔がここまで綺麗だと、目を開

けたら、どんな顔しているのかと少し興味がわいてくる。
「よーし！　まずは怪我の手当てしないとっ」
　ノリノリで洗面所に行って、タオルを水につけて絞ってくると、救急箱を用意する。
　手当てしてる間、時折男が顔をゆがませてはピクリと動くから、起きるんじゃないかってドキドキする。
　だからって、そのままにしておくと、傷口がもっと広がっちゃって大変なことになるから。
　なんていうのは言い訳なのかもしれない。
　本当は人を助けることによって、寂しさをまぎらわせてるだけなんだ。
　私の家には両親がいない。1年前私を置いて、車と車の衝突事故でふたりとも他界してしまった。
　唯一残してくれた遺産がこの家と家具で、私はここでひとり暮らしをしている。最初親戚は、私がこの家にひとりで暮らすことに反対してたけど。
　なんとかそれを押しきって、ここにいさせてもらってる。
　お母さんの兄弟がとても優しい人たちだから、私に不自由させたくないと思っているのか、生活費はいつも余っちゃうぐらい振り込んでくれている。
　保険金がちょっとはあるから、それで生活費を出していこうとは思ったんだけど。
　将来のために貯金しときなさいと言われた。それに、寂しかったらいつでも『家においで』と言ってくれた。
　あのときは、涙が止まらなかった。

伯父さんの匂いは大好きなお母さんの匂いとおんなじで、伯父さんといると、なんとなくお母さんとつながっていられる気がしたから。
　本当は、お母さんのお兄ちゃん……伯父さんのところに行きたかった。行きたかったけど……。
　行く勇気がなかった。だってあっちにも家庭がある。
　私がもっと小さかったら、すんなり受け入れてもらえたのかもしれないけど。
　私はもう高校生。周りの人たちの気持ちに配慮して生きていかないといけない、大人になってしまったんだ。
　だからそこらへんはもちろん空気を読んで、伯父さんのところには行かなかった。
　だって、誰だって家族だけで気兼ねなく暮らしたいものでしょ？
　血のつながりがあったとしても、いくら優しくされたとしても。結局は他人で、家族にはなれないんだ。
　……やばい、こんなこと考えてると、やっぱり涙が出てきちゃう。
　手で何度も涙をぬぐうと、寝室からタオルケットを持ってきてリビングの床に横たわる彼にかぶせた。
　怪我人をリビングの床に寝転ばせたまんまだけど、ベッドまで運ぶ力はもう残ってないし、これはこれで仕方ないと思った。
　久しぶりにこの家に人が来たと、料理に腕を振るう。
　トントントントン！と包丁で大根を切るスピードは、我

ながら速い。
　そういえば、お母さんが生きているときは、料理なんか１回もしなかったっけ？
　全部お母さんに任せてばっかりで、ひとりでなにもできない甘えっ子の私が、今ひとりで生活してるなんて、天国から見ているならびっくり！　だろうな、ふたりとも。
　鍋で野菜を煮込むぐつぐつという音が聞こえる中、ボーッとした私の視線の先には見知らぬ男。
　いったいなにがあって、こんなにも傷ついているんだろう。
　怖さと同時に興味もあった。
　そして。
「……っ」
　起き上がった男が目を開けた瞬間、電気の明かりで顔をゆがめる。
　私はキッチンから急いで彼の元へと駆け寄った。
「あの、大丈夫ですか？」
　おそるおそる聞いてみると、ギロッと睨まれた、怖い。
　怪我をしてても目力がすごく、言葉を失わせるほどの迫力。
　やっぱりヤバイことしてる人なんだと思う。
「……誰だお前」
「あっ、あの、あなたが私の家の前で倒れていて、ほっとくわけにもいかなかったので……」
　傷だらけの両手を男は眺めたあと、さっき手当てした箇

所(しょ)に触(ふ)れてじっと見つめ、なにかを思い出そうとしているように見える。
「それより怪我は……？」
　不器用なりに彼の腕にぐるぐると巻いた包帯を触ろうとしたとき。
「触るな」と威圧(いあつ)的な声で言われたので、とっさに手を引っ込める。
　助けたのに、この態度。やっぱりろくな人じゃないよ！
　そもそもさっきからずっと私のこと睨んでるし。
　怖すぎて足ガクガクだよ。……でもそんなことよりも気になるのは。
「綺麗な顔」
　ボソッとつぶやいてしまった。数秒たってから自分の言ったことを認識して、顔がカァーッと熱くなる。
　わ、私……初対面の人になに言っちゃってるんだろう。
「ちっ違うんです、すみませんなに言ってんだろう私!!」
　焦(あせ)ってさっきの言葉を撤回(てっかい)しようとしたけど。
　もう遅(おそ)かったのか、男が冷たい目をしながら口角を上げた。
「フッ……お前もそうか」
「ちょっ……わあ!!」
　ドサッと男がなぜか私を押し倒した。
「なっ、なにするんですか。傷口が広がっちゃいますよ!!」
「はっ、お前にとっちゃ俺の傷口(おれ)なんてどうでもいいもんだろ。

どうせお前も俺の顔と体目当てだろ？　だったら助けてもらった"お礼"にヤッてやるよ」
　息をのむ瞬間さえ与えてくれない、まさかのひと言。
　驚きを隠せないでいると、制服のボタンに手をかけられて強引に脱がされそうになる。
　この状況がどうにも把握できなくて、目を白黒させながらじたばたする。
　——ドカッ。
　暴れた勢いで思わず彼の傷口を蹴ってしまった。
「つっ…!?」
「すみません、ほんとすみません!!　でも悪いのはあなたなんですよー！　人を無理やり襲おうとするから！」
「お前、"それ"目的じゃねーのか……？」
「……それ？」
「なんでもねーよ。つか、そうなると本物の偽善者ってことか。悪かったな、手荒なまねして」
「ええっ？　本物の"偽善者"？」
　さっきまで私にひどいことをしようとしてた人とは思えないほど、あっさりと引き下がる。私は脱がされそうになった制服をすばやく整える。
　すると今度はライターを取り出して、私の許可なしにカチッとタバコに火をつけた。
　一瞬にしてタバコのにおいが部屋全体に広がる。
　タバコのにおいに慣れてない私は、咳き込みながら男を睨んだ。

なんなの!?　この展開。もうわけがわからなくなってきた。
「あっ……部屋にタバコのにおいが」
「我慢しろ」
　私の家なのにと、言いたかったけど、彼の言うとおり我慢した。
　男はタバコを吸い終えると吸い殻を携帯灰皿に捨て、話し始めた。
「……なぜ俺を助けた」
「へっ？」
「怪我してても、男は男だ。それに見ず知らずの人間を家に入れるとは、お前はバカなのか？」
「ばっ、バカとはなんですかー!!
　こっちは助けてあげたのに、ここまで礼儀知らずな男だなんて。
　助けた私がバカだったんだー!!
　顔がよくてもだまされてはいけないと、敵意をあらわにして彼を睨みつける。
　しかし、そんなこともおかまいなしに、新しいタバコを取り出して火をつける。
　自由すぎる男の行動についていけない。
　自分の家なのに居心地が悪いのは、この男が、この場の雰囲気を支配しているからなのか。
　私は男の様子をうかがいながら正座して待つ。すると、タバコを吸い終えた彼が、私の目を見て残った煙を吐き出

しながら、やっと口を開いた。
「悪いな、怪我の手当て」
「……いえ、困ってる人を助けるのは当然のことなので」
　意外すぎる男のひと言に動揺してしまう。同時に、私を見つめる彼の瞳の奥に、さっきまではなかった温かさを感じたような気がした。
「"困ってる"か。逆に困らせてる存在なんだけどな」
「へっ?」
「助けてくれてありがとうな。そろそろ行くわ。押し倒して悪かったな。じゃあな」
　立ち上がった男が向かうのは玄関だ。
　この家から出ていこうとしてる男を、なぜ私は止めたいと思っているんだろう。
　出会って1時間すらたっていない赤の他人なのに。
　怪我のことだってなんにも言ってくれなかったし……。こんな見るからに危ない人、さっさと出ていってくれたほうがいいのかもしれない。
　そうすれば、きっとなにも巻き込まれずにすむ。
　すむんだけど。
「あのっ!」
「……?」
　靴を履いた男がドアノブに手をかけた瞬間、あわてて呼びとめる。
　男は振り返ると、いぶかしげにこちらを見た。
　私は急いでキッチンのほうを指さして。

「あなたの分のご飯も作ってしまったので食べてくれないと困ります」

　なぜ……こうなったのか。
　いや、こうなったのは私が彼を呼びとめたからであって。
　それなのに、用意してあったはずの煮込み料理は、私が火を止めわすれてたせいで、焦げてしまっていた。
　とにかくなにか出さなくちゃと、私は焦って冷蔵庫をあさるけど。
　昨日作った余り物のカレーしかなく、仕方なくそれを温めてテーブルに置いた。
　席に着いた男がカレーを口に運ぶ。
　せっかくおいしいもの作ったのに。全部台無しだよ。
　しかも、あんなに大声あげながら呼びとめたのに。
　出した料理は昨夜のカレーって……。
　おいしいにはおいしいけど。絶対余り物だってバレちゃったよね。
　カチャカチャとスプーンの音に意識がいくほど、無言すぎて気まずい。
「悪いな飯まで」
「いやいや！　こちらこそ逆にすみません……作ったはずの料理、焦がして食べれなくなってしまって昨日の余り物だなんて恥ずかしいです」
「フッ、変な奴だなお前」
　笑ったその顔が優しくて、ドキッと胸が鳴る。

最初は怖かったけど、そんなに悪い人じゃないのかも？
　そう思うと、なんだかもっと彼のことを知りたいと思った。
「あの……もっとお話ししたいです。」
「あ？」
「あっ、いや！　変な意味とかじゃなくて。それに、その怪我すっごく痛そうだから今日１日休んでいけばと」
　彼の無言に、さすがにでしゃばりすぎだと思った。
　でも、包帯ににじんでいる血を見ると痛々しくて、思わず口に出してしまった親切心。
　私を見て彼は一瞬怖い顔をしたけど、数秒たってうなずいた。
「……まだ"奴ら"が捜しまわってるかもしれないしな」
「えっ？」
「それじゃあ悪いが、今日１日だけ世話になる」
「あっ、はい！」
「偽善者だとは思ったけど、お前本物のいい奴なんだな？　見たところひとり暮らしっぽいし、変な男に狙われたりするんじゃないか？」
「そんなこと全然ないですよー！　家に上げるほど仲のいい友達もいないし……もちろんこの家に男の人を入れたのも初めてです」
「そうか」
　そうつぶやくと、男は持ったままだったスプーンで再びカレーをすくって、ゆっくり口に運ぶ。

一緒にいるとドキドキしてしまうのは、初対面だから緊張しているんだろうか。
　いや、違う……自分でも説明することができない、生まれたての期待感。彼のことを知ってしまえば、あと戻りできなくなることくらい知っている。
　だけど。
　しばらくこの心地いいドキドキに浸っていたい。
　そう思いながら今日１日泊まることになった彼を見つめて食べるご飯は、最高においしかった。
「よーし、洗い物始めようか!!」
　食べ終わった皿をキッチンの洗い場へ持っていって、スポンジを手に取り洗剤をつける。
　ひとりじゃない夜は久しぶりで、私にとっては特別でワクワクする。
　そのワクワクに浮かれてしまったせいで。
　──パリーン！
　お皿を落としてしまった。
「わ———！」
「おい！　大丈夫か!?」
　落とした皿の破片が指先に刺さってしまい、声をあげると。
　その声に反応した男がキッチンへやって来て、わずかに血がにじむ私の指先を口にくわえる。
「ちょっ、なにやってるんですか!?」
「黙ってろ」

「んっ」
　なっ、なんなんだろうこれ。恥ずかしすぎる！
　男の口にくわえられた指が熱すぎて、ドクドクと脈打ってしまう。
　そんなふうに意識してしまってるのがバレないか心配だったけど。やっと私の指から彼の口が離(はな)れた。
「たぶんこれで大丈夫だろ」
「……」
「なに黙ってんだ。そんなに痛かったのか？」
　美しすぎる顔が首をかしげるもんだから、すぐにその手を後ろへと回した。
　痛いとか痛くないとかの問題じゃないよ。
　この人今、私の指を口でくわえたんだよ!?
　そんなの普通初対面の人にする……？
　ていうか初対面じゃなくてもしないよね普通。
　ツッコミどころがいろいろありすぎて、なんだか疲(つか)れてきたけど。
　とりあえず消毒して絆創膏(ばんそうこう)を貼(は)っておいた。

　時間がゆっくりと経過していく中で。
　ソファに腰掛けてテレビを見ながら、ウトウトと眠気(ねむけ)が私を襲ってきた。
　そのとき、リビングの床にあぐらをかいている男が低い声で言う。
「お前、眠いなら寝ろよ」

「でもっ……」
　この家で誰かと過ごすのは１年ぶり。
　せっかくひとりじゃない安心感が今この瞬間をうめてくれているのに、眠るなんてもったいないよ……。
「おい、寝室どこだ？　運んでやるぞ」
「あっ、寝室はあなたが使ってください。私はソファで寝るので」
「それ逆だろ？　俺のことは気にするな。ほら、行くぞ」
「はい……」
　彼に付き添われ、眠い目をこすりながら廊下を歩く。
　血だらけの服の彼に、もう怖いという感情はない。
　ないんだけど、次に芽生えてきた感情は安心感と寂しさ。
「ほら、寝室着いたから寝ろよ」
　私は乱暴に背中を手で押されて、ボフッとベッドへと着地する。
　ふかふかして気持ちいい。やばい眠っちゃいそうだ。
　目を閉じてしまいそうになるのを拒んで、男がこの部屋にずっといてくれたらいいのにと、強く願ってしまう。
「悪いがソファとタオルケット借りるぞ？」
「……なんです」
「あ？　なんだ？」
　小さな声でつぶやいた言葉を男が拾う。
　部屋に飾ってある１枚の写真を見て、私は涙を流した。
　潤んだ瞳でジッと見つめる私の視線の先を、男がなぞって息をのむ。

「お前……。今日、誕生日なのか？」
　写真には、豪華(ごうか)なケーキと両親に挟(はさ)まれて笑ってる私がいる。
　１年前の今日と日付が一緒なことに、男はひどく顔をゆがませました。
「今日、両親ふたりとも誕生日なんです」
「……」
「写真には私のほうが主役みたいに写ってますけど」
　冗談(じょうだん)を交えたのは、きっと強がり。
　潤(うる)んだ瞳から流れたひと粒(つぶ)の涙を人さし指でぬぐった。
　ふたりが生きてたら、去年のように今頃(いまごろ)は家族３人で楽しく過ごしてたのかな？
　……まさか、こんな早くひとりぼっちにさせられるなんて、誰も思わないじゃん。
　無理やり封(ふう)じ込めていた寂しさが、急にあふれ出てしまいそうになった。
　本当は苦しいの、ひとりぼっちは嫌(いや)だよ。
　孤独(こどく)のにおいが嫌みなほど鼻につく。
　私の目から降る雨は、やむことを拒んだ。
　そんな私をジッと見つめ、男はゆっくりと口を開いた。
「……俺も、今日誕生日なんだぜ？」
「え？」
「だが、祝ってくれる奴も、俺の生まれた日なんか覚えてる奴さえいねえ……」
　フッと笑いながら男は言う。

「だから、いなくなってもずっと覚えててくれる奴がいるだけで……俺はお前の両親がうらやましい」

　彼は笑った、本当は私と同じで寂しいくせに、綺麗な顔で笑うんだ。

　彼は口には出さなかったけど、私になんらかの事情で両親がいないことを察してたみたいだ。

　お父さんとお母さんの誕生日に出会った、怪しい男。

　運命なんて言葉だけじゃ物足りないくらいに、お互い苦しみを抱えていた。

　今はひとりになりたくない。

　そんなお互いの孤独を絡ませるように、どちらからともなく寄りそって——。

　私たちは今、同じベッドの中にいる。ふたり並んで天井を見つめながら。

「こんなときにひとりはつらいよな」

　と、言葉にして急に弱さを見せる男に、少しドキッとした。

「すみません、私のせいでいろいろと思い出させて」

「べつに。つかお前、謝ってばっかだな」

「……これでも昔は気が強いほうだったんですよ？」

「ハッ……ほんとかよ、見えねーな」

　両親が亡くなる前までは悲しみとは無縁の生活で、常に心に余裕があったせいか気が強いほうだった。

　女子をいじめてる男子をこらしめて泣かせたり、電車の

中で痴漢してる人を見つけたら捕まえて駅員の人に突き出したり。

　そりゃあもう、いいことばっかりやってきたように思っていたけど。

　そのときの私こそ、本物の偽善者だった。

　無理やり好かれようとがんばってがんばって、強くいなきゃって自分をいつわって。

　でも大切なものを失って、自分をいつわることさえめんどくさくなった。

　それが本当の私。気の弱い私。

　でも、ひとりでこの家に住んだ1年という月日が私を変えたんだ。

　そう、急に行く先が月明かりで照らされたように、私に自然と前に向いて進んできた。

　ひとりで生きていかなきゃって思ったら、けっこう自分だけでやれた。

　それに、なんでも自分ひとりでするという忙しさは、無理やり私を寂しさから解放してくれた。

　でも。やっぱり誰か人がそばにいてくれ、少しでもその温かさに触れると、お母さんとお父さんのこと思い出して、すっごく悲しくなっちゃう。

　小さい頃の記憶ばっかりよみがえっちゃうから……。
"あのとき"を"そのとき"を、もっと大切にしとけばよかったなって。

　人間、大切なものを失って初めて気づくって本当なんだ

なって。
「……泣いてんのかよ」
「……ずびばぜん」
「だから謝るなって」
「……はい」
　枕元(まくら)が私の涙で濡(ぬ)れる。
　すると、男の手が私の涙を触っては消すように拭いた。
「なあ」
「……なんですか？」
「寂しいならその寂しさ、今夜だけうめてやろうか？」
「……どういう意味ですか？」
　電気のついていないこの部屋で、暗闇(くらやみ)に目が慣れると。
　彼が私に覆(おお)いかぶさる。
「俺がお前を……抱(だ)くってことだ」
「えっ!?」
「泣いてる奴見ると抱きたくなる主義でな」
　ドSなのかな？
　言ってることがめちゃくちゃすぎて、頭が追いつかない。
　だけど。
「私初めてなんですけど？」
「できるだけ優しくしてやるよ」
「……痛いってよく聞きますけど」
「俺は女じゃないから知らねー……けど、お前の今まで味わった痛みよりは痛くないんじゃねーの？」
　その言葉に操(あやつ)られるように、私は彼に身を預けた。

まぎらわせられるなら、なんでもよかった。
　痛みよりもなによりも、寂しいのがいちばんつらい。
　つらいから、今日だけは人に甘えていたい。
　甘くなっていくふたりの声が部屋中に響いては。
　寂しさと孤独をうめるように指を絡めた。
　初めて人に抱かれて知る体温は、ひどく私を夢中にさせた。
　もしほかの人だったら、断っていたかもしれない。
　この人だから受け入れてしまったのかもしれない。
　純情が花に変わって散ったとき、私は涙を流した。
　あぁ、どうしよう。この人に溺れちゃいそうだ……。
　ずっとこの人の腕の中にいたい。
　そう思いながらまぶたを閉じて、彼を感じたまま意識を手放した。

　そして次の日、ひと晩の幸せは終わりを告げるように、彼は隣にいなかった。
　そこらへんに脱ぎ捨てられている服を拾いながら。
『寂しいならその寂しさ、今夜だけうめてやろうか？』
　動くたびに体がズキズキと痛んでは、彼の言葉を思い出す。
　ほんとにひと晩だけで終わっちゃった……。
　寂しさはうめられたけど、でもなんだか心にポッカリ穴があいた気分で、すごく切ない。
　あぁ私、名前も知らないあの人になぐさめられて、それ

を恋に自ら変えてしまったのかもしれない。
　とくに切なかったのは、リビングに行っても彼がなにも残していなかったこと。
　名前ぐらい教えてもらえばよかった。
　お風呂に入っても彼の温もりを消すことなんかできず、私は切なさを噛みしめながら学校へと向かう。
　外に出ると、9月だというのに季節なんて関係なしにまだ蝉の声がうるさい。

　教室に入って自分の席に着く。
「おはよう朝日！」
「はよ直人」
「んだよお前!?　相変わらず暗い顔しやがってこのこのっ」
「もうっ！　やめてよ朝から。バカー!!」
　前の席の男子、大久直人とは、幼稚園から高校までずっと一緒のいわゆる腐れ縁。
　ただでさえ今日は体が痛いのに。
　直人が私の髪を乱暴に触ってくるから、体が動いて余計に痛い。
「なあ朝日」
「どうしたの？」
「今日、放課後空いてるか？　俺さ今すっげー欲しいゲームあるんだけど、買いにいかない？」
「私ゲームに興味ないし……直人が欲しいなら直人ひとりで行けばいいじゃん」

「そんな冷たいこと言うなよ。お前もひとり暮らしで疲れてるだろ？　たまには放課後パーッと俺と遊ぼうぜ？」
「なっ？」なんて、首をかしげてうながされたので微妙にうなずく。
　その瞬間、「やったー！」と教室中に響くくらいうるさい声で直人が騒ぐから、恥ずかしかった。
　たしかに放課後直人といれば、ひとりにならずにすむ。
　ひとりになったら、たぶんあの人のことばっかり考えちゃうかもしれないし。
　それがなんだか怖いよ。
　甘い吐息に痺れるような優しい手つき、欲張りなほどにあの瞬間から今でも彼を求めている。
　私を抱くあの人は、あのひと晩だけは、ちゃんと私を愛してくれてたような気がする……。
　そう思いたい。
　ペン回しに集中していたせいでほとんど聞いていなかったけど、すべての授業が終わった。
　結局回せた回数は少なかったけど。

　放課後。
　直人とふたりで学校から出た。
「うしゃあー!!　この日のために俺はバイトでお小づかいを貯めたんだぜ」
「高校２年生にもなって、バイト代でゲーム買うって直人って子どもすぎないかな？」

「はあー!?　お前なーゲームはストレス発散にもなるし、おもしろいし、ゲームをバカにすんなよ」
「あはは、ごめんねー直人」

　ゲームを買いにいこうと歩いている途中、信号にさしかかる。

　私たちが足を止めようとすると、その瞬間、ちょうど赤から青へと信号が変わった。

　なんだかツイてるなーと、止まることなくそのまま足を進めてたどり着いた家電量販店。

　中に入ると、直人のテンションが上がって目を輝かせるから。

「そこまで欲しかったんだ」と隣で苦笑いしてしまった。
「やべぇ欲しいのはこれなのに、なんかほかのを見るとそっちも欲しくなるんだよなー!!　迷うわ〜」
「ふたつとも買えばいいのに。バイトやってるんでしょ?」
「ゲームに金使うと親に怒られるんだよなー」

　そりゃあそうだよ!

　せっかくお金稼いでるのに、ゲームでなくなるなんて信じられない、どうせすぐ飽きちゃうものなんだし。
「うーん……やっぱ最初に決めてたやつにしようかなー」
「……」
「でもこっちもなかなかおもしろそうだなー」

　カセットを何個か手に取って見ている直人は、本当に楽しそうで、こっちまでうれしくなる。

　あの人も……ゲームとかやるのかな?

想像で直人をあの人に置きかえて考えてみたら、似合わなすぎて、「あはっ」と笑い声が漏れちゃった。
「朝日なに笑ってんだよ」
「いやいやごめんね……ちょっと直人見てたらおもしろくなっちゃって」
「なんだそれ」
　苦笑いの直人に笑ってごまかす私。
　本当はあの人のことで笑ってただなんて言えない。
　もし直人に「好きな人できた」って言ったら、笑われちゃうかもしれない。
　恋もなにもかもが未経験だと直人に思われてる私なのに、そんな浮いた話が昨日今日でわいてくるなんて。
　おかしいもんね。
「やっぱこれにする‼　悪いな朝日、待たせて」
「ううん、いいよべつに。欲しいものはちゃんと見きわめて買ったほうがいいもんねー」
「そうそう。さすが朝日、わかってる！　あっ、このあとクレープでも食べないか？　今日付き合ってくれたお礼に——」
「うーん、うん！　行こうかな。おごりだし」
「最後のひと言余計だぞ」
　レジで会計をすませて、買ったゲームをカバンに入れる直人。
　私たちはお店を出て、早速クレープ屋さんに向かう。
「なあ朝日」

「どうしたの直人」
「お前好きな奴とかいないのかよ？」
「なに突然!?」
　ほんとに突然すぎる直人の質問に、思わずピタリと足を止める。
「なにその反応。……もしかしているのか？」
「いないいない」
「ほんとに？」
「絶対いないよー！　それに恋愛してる暇なんかないもん!!」
　首を横に思いっきり振って否定するも。
　ジィーとこちらを見つめて怪しむ直人に、思わず息をのむ。
「ちっ、ほんとにいねーのかよ。つまんねーの」
「あははっ……いなーい」
　ホッと胸をなでおろす。本当はいるんだけど。
　昨日助けた、血だらけだった人を好きになったなんて言ったら絶対『そんな危ない奴やめとけー!!』って、怒鳴られるに決まってる。
　なんだかんだいって直人は心配症なんだ。
　昔からの仲ってこともあって、私の両親が亡くなったときもいちばん気づかってくれたのは直人だった。
　そんな仲のいい直人に『好きな人ができた』と報告できないのは残念だけど、仕方ないよ。
　あの人とはたぶんもう会えない気がするし、思い続けて

好きなままでいても、恋は叶わないと思う。
　だから、直人にも誰にも言わず、この胸にしまっておくしかない。
　私がこんな淡い恋心……感じられただけでラッキーだったんだよ。
「っと、私のことより直人はいないの？」
「うぇ!?　なっ、なにがだよっ」
「好きな人の話してたじゃん、今」
「はっ！　そんな話してたかな!?　あははー」
　わかりやすすぎて隠しきれてない直人が、ごまかすようにして口笛を吹く。
　いつも思ってるけど、直人って素直すぎてバカなんだなーと思うよ、ほんと。
　でも直人は誰にでも優しいし、けっこう女子受けのいいかわいい顔してるし。
　直人から告白されて断る子なんか、たぶんそうはいないと思うけど。
　バシッ！と直人の背中を叩く。
「がんばれ直人！」
「はぁ!?　だからいねーつーの!!」
「はいはい」
　友達と放課後一緒にいて恋バナして。
　これがたぶん"普通"のことならとっても幸せなことなんだろうと、噛みしめていると、かわいいピンク色の屋根のクレープ屋さんに着いた。

「うーん、どれにしようかな」
「おい朝日、あんまり高いの選ぶなよ！」
「人におごってもらうんだから、それぐらい常識あるよっ!!」
　メニュー表を見て今にもヨダレをたらしそうな私に、直人が失礼なことを言ってくるから言い合いに。
　それを見ていた店員さんが。
「カップルは割引だよ」
　なんてニコニコしながら言うからお互い顔を赤くした。
「恋人じゃな───い!!」
　ふたりで同時に否定する。
「あはは、ハモるほど仲いいのね」
　そりゃあ仲いいことは否定しないけど。
　店員さんにからかわれて、なんだか恥ずかしくなってきた。
　直人とは幼なじみなんだから。そんな異性として意識することなんかないのに。
　そんなこと言われたら嫌でもなんか……他人からはそう見えちゃうんだなって思っちゃう。
「はぁ……」
「……んだよ、そんなに俺と恋人に見られるの嫌かよ」
「えっ？」
「店員さん、こんなブスと恋人なわけありませんからカップル割引とかいらないでーす」
「ちょっ!?」

ブスってひどすぎないかな!?　たしかにブスかもしれないけど！

　なぜか拗ねる直人に、店員さんが「青春ね」と察したような口調で言うから。

　選んだクレープを手渡されても意味がわからなかった。
「あっそうだ、あなたたち、最近ここで暴走族が暴れてるらしいから、気をつけて帰るのよ？」
「……暴走族？」

　店員さんに言われて、クレープを食べながら首をかしげた。

　暴走族っていっても、ブンブンってバイクの音鳴らして道路で警察煽ってる人たちでしょ？
「一般人に被害なんかあるんですか？」
「それがねー、普段は誰かに被害を加えるような族じゃないらしいんだけど……仲間集めに必死らしくて、使えそうな人材、片っ端からスカウトしてるとか」
「それがなにか関係あるんですか？」
「うーん難しい話なんだけど、族って大きくなっていくにつれて、争いごとが多くなっていくから、最近暴力的になってきてるのよ」

　なにそれ怖すぎ。

　いくら暴走族だからって、なんでも暴力で解決しようとするなんて。バイクだけで我慢しとけばいいのに。

　やっぱり"そういう人たち"って、めんどくさい世界で生きてんだなーと、思う。

話を聞きながら食べていたクレープは、あっという間にお腹（なか）の中におさまった。
「つか店員さん、なんでそんな詳（くわ）しいんだよ」
　話に夢中になっていたせいか、直人のクレープは全然減っていない。
「ここ、けっこう噂（うわさ）が流れやすい街だからね!?　しかもその暴走族はこのあたりじゃあ誰でも知ってるから、情報が入ってきやすいのよ」
　うふふと頬（ほお）に手をあてて笑う店員さん。
　そんなに情報飛びかってたら、敵とかタイミング見計らって攻撃（こうげき）してくるもんなんじゃないの……？
　まあ、あんまり私には関係ない話だし。
　店員さんに「ありがとうございました！」とペコリとお辞儀（じぎ）をして、クレープを食べ終わった直人と一緒に店から出た。
「すげぇーな、そんな世界マジであるもんなんだな」
「直人さっきから興奮（こうふん）してるけど、そんな話聞いてておもしろかった？」
「まあ男の世界の話だし、女のお前にはこのワクワクはわかんねーよな」
　あんまりわかりたくない世界かも。
　だって人が人を痛めつける世界なんか。
　望んでないんだもん。
　それが男のロマンだというなら、余計わかりたくもないし。関わりたいとすら思わない。けど。

もしかしたら、昨日怪我してたあの人も、そういう世界の人なのかもしれない。
　その世界で彼が生きているなら。少し複雑かも……。
　ギリッとこぶしを力いっぱい握っていると、隣にいる直人が私の顔をのぞいてくる。
「どうしたんだよ？」
「……なんでもない」
　と、ため息交じりでそう言ったとき。
　──ガシャ───ン。
　後ろのほうでガラスが大きく割れる音が聞こえた。
「えっ、なに!?」
「んだよ!?」
　直人と一緒に勢いよく後ろを振り向くと。
　そこには……。
　お店の並びにある建物にバイクごと突っ込んでるという、異様な光景が目に映った。
　パキパキ……と、割れたガラスを踏みながら現れた人影(ひとかげ)に思わず息をのむ。
「あっちゃ？　やっちまった!?　こりゃあ弁償(べんしょう)だな。いや、つーか警察呼ばれちゃうなこれ」
「もうー。兄貴運転荒いっすよ!?　もう少しで大怪我するとこだったじゃないっすか」
「悪い悪い。でも俺のおかげで"奴"の居場所がわかったんだ……まあバイクで突っ込んでも奴は中にいなかったけどな」

「これぞ不幸中の幸いってやつですねー!!」

下品な笑い声がその場で響く。

なんでこんな状況で楽しそうにしゃべっていられるのか。

私には理解不能で。……なんだか、この場にいちゃいけないような気がしてきた。

見なかったことにしようと、直人の手を掴んで「行こ」と言って小さくつぶやいて前を向いた瞬間。

「えっ?」

思わず声が漏れるほど、ドックンと静かに、そして大きく脈打った。

なんで目の前にいるのか不思議でしょうがない。

「……お前」
「あっ……」

タバコをふかしながら、前から歩いてきた全身黒づくめの男に胸が高鳴る。

昨日の出来事を思い出し、欲しがるような目で彼を見てしまう。

幻覚だと一瞬疑った。

だって、昨日の今日でまた会えるなんて思わなかったから。

私の目には彼しか映らない。

疑うように見つめたその視線の先には、そう、昨日助けた彼……私が初めて好きになった人。

——私の初めてを捧げた人。

頭がくらくらする。
「おい朝日、大丈夫かよ!?」
「う……うん」
　グラッと視界が一回転してあやうく意識を手放すとこだったけど、直人に支えられてなんとか倒れずにすんだ。
「あっ……の」
「朝日？　どうしたんだ」
「違う……直人に言ってるんじゃないの！　この人に」
「……はあ？」
　私の視線の先を直人も見る。
　小さくなったタバコを、彼は手で握って火を消した。
「悪いな、なにも言わずに出ていって」
「……」
「それより大丈夫なのか？　体は……」
　彼が私に近づいて触れようとするから。
　ドキドキと胸が苦しすぎて目をつぶった瞬間。
「おい、なに朝日に触ろうとしてんだよ!!」
　直人がいつもの直人じゃないみたい。
　かわいい顔で威嚇(いかく)しながら、彼の手をパシッと払(はら)いのけた。
「……なんだいきなり。チワワみてぇーな男だな？」
「誰がチワワだ!!」
　キャンキャンとほえるように、直人が彼の言葉に乗るから。本当にチワワに見えてきた、なんて言ったら怒るだろうか。

「お前!!　朝日とどういう関係なんだよ」
　ビシッと私の顔を指さす直人。
　なっ、なんてことを質問するの直人ってば!!
"関係"なんて私と彼にはあるようでないのに。
　直人に質問されて、彼が私をチラッと見て。
　また直人に目線を戻した。
「どんな関係でもねー……けど、コイツには昨日助けてもらった」
「はあ!?　助けてもらったってなにが」
「この話はおしまいだ、ガキ。危ねーからとっとと帰れ」
　このとき、この人の言うとおり早く帰っておけばよかったのに。
「ガキ!?　俺のどこが……!」
　ムキになる直人。
　突然スパッ！とガラスの破片が飛んできて、直人は頬を切った。
「なっ!?　直人、大丈夫!?」
「ってぇ……!　んだよいきなり！」
　簡単に皮膚が切れるほど、とがったガラスの破片。
　幸い傷は浅かったからよかったものの。
　私と直人の少し前にいる彼の目の前には。
　さっきバイクで突っ込んでいった男ふたり組がいた。
「ちょっ……!!　兄貴……一般人に危害加えたら、また総長に怒られるっすよー!!」
「んだよ、いちいちそんなこと気にしてんなよー。目の前

に"奴"がいるんだぞ。逃したらそっちのほうが総長に怒られるつーの」

　そのふたり組がなにやらゴチャゴチャと話しだす。ふたりの髪の色は、それぞれピンクと赤に分かれてる。

　続々と集まってくるギャラリーの中で。

　彼と男ふたり組の雰囲気がピリッと変わった。

「よう"零"久しぶりだな……頭がテメェの首欲しがってんぜ?」

　彼のほうを見て"零"と口にしたのは、髪がピンク色の男。

　この人、ゼロって名前だったんだ。

　場の雰囲気なんてそっちのけで、私は心の中で『零』と何回も呼んでみた。

　グレーアッシュの髪を風になびかせながら、零さんがフッと鼻で笑った。

「俺の首が欲しいなら、総長自ら取りにこいと伝えておけ」

　彼の発するドスのきいた声に、男たちは言葉を詰まらせる。

「まあ、その総長さんですら俺にかなうかどうか……わかんねーけどな」

「テメェごときに頭が負けるか!!」

　ピンク色の髪の男が、勢いよく零さんに向かってこぶしを上げながら突進していく。

　あっ……危ない!

　私はとっさに飛び出して、零さんをかばうように両手を

広げた。
「ばっ……!!」
　零さんが後ろで目を見開いて焦ってることを知らずに、殴られる覚悟で目をつぶった。
　──バキッ。
　鈍い音が響く。
　そして。
「い……痛いれす」
「このバカ女が!!　お前にかばってもらうほど、俺は軟弱じゃない。あんな攻撃簡単に避けれるんだよ!!」
　零さんが私の頬を軽くつねりながら言う。
　零さんが体をねじ曲げて、相手より先に一撃を食らわし、男はその場で泡をふいて倒れていた。
「女が男の喧嘩に入ってくんじゃねーよ!!　もし怪我して痕でも残ったら……」
「……ごめんなさい」
「ちっ。まあでも俺を助けようとしてくれたことには感謝するけど……こんな危ねーこと二度とすんなよ?」
　助けるつもりが。逆に助けられちゃった。
　今になって手が震えてきて、さっきのピンクの男の顔を思い出す。
　怖くなかった、なんて言えば嘘になる。
　でも零さんを守るためにとっさに体が反応しちゃったんだ。正直、零さんより私のほうが驚いてる。
「おい朝日!!　お前大丈夫かよ!?　怪我は」

すっごく心配したのか、汗だくの直人に。

私は「大丈夫だよ」と首を振った。

ザワザワと騒がしくなる一方、赤色の髪の男が息をのんでその場で呆然と立っていた。

「おい、お前」

威圧的な零さんの独特のオーラに、完全にビビってしまっている赤髪の男。

零さんが、倒れているピンク色の男を軽く蹴って、赤髪の前へと転がした。

「お前らの頭に伝えておけ。仲間にばっか頼んでないで今度はお前ひとりで俺を倒しにこいって」

「……ぐっ！」

決め台詞と同時に零さんがタバコの煙を吐く。

そして赤髪がピンク色の男をかつぎ、なにも言わずに薄暗い街から消えていった。

ザワザワ、ザワザワとギャラリーに囲まれている私たち。

そのギャラリーに溶け込むように人をかき分け、その場から離れて着いた場所は公園。

いちばん気になってる私よりも先に、息切れした直人が零さんに問いかける。

「あんたいったい何者なんだよ」

私もそれがすっごく気になって、零さんのほうへと目線を向けたとき。

夕日で、彼の目の色が黒から赤へと一瞬変わったような気がした。

「……とくになんでもねーな」
「はあ!?　なんでもねーってなんだよ!!　なんでもなかったらあんな変な奴らに追いかけられるかよ!」
「落ち着けよガキ」
「だからガキじゃねーし」
　どこまでも冷静な零さんが、またタバコを吸い始める。
　いや冷静なのか、それともタバコでごまかしてるのか。
　もし冷静じゃなかったとしても、私たちより心に余裕を持っていることには間違いないだろう。
「あの、さっきは助けてくれてありがとうございます！でも昨日の怪我の具合は……？」
「んっ、あぁ、べつに大丈夫だ。こんなの1日たてばなんとか痛みもおさまるし」
「そうですか、よかったです」
　ホッと胸をなでおろす。
　すると直人が私と零さんを交互に見て、目を細めた。
「さっきから思ってたんだけどよ、あんたと朝日の関係ってなんなんだよ!!」
「直人！」
「朝日はちょっと黙ってろ」
　これ以上、私と零さんの関係を聞かれたくないから止めに入ったけど、直人に怒鳴られた。
　だから"関係"なんかないんだから聞かないでほしい。
　あるとしたら私個人の零さんへの想いだけ。
「さっきも言ったとおり、そこの女には昨日倒れてたとこ

ろを助けてもらった」
「"だけ"か？」
「……ほかになにかあるとでも？」
　零さんをギロリと睨む直人。零さんを映すその目には、なにか邪悪なものが入っていた。
　ここまで直人の勘がいいと、全身から変な汗がじわりとわいてきて制服を濡らす。
"抱かれた"って知られたら、恥ずかしくて直人とはもう顔を合わせられない。
　でもそんな私の焦りとは裏腹に。
　零さんは子ども扱いするように直人を鼻で笑った。
「フッ……あるわけねーだろ、ガキ」
「……」
「つか、久しぶりに"アイツら"以外で俺に喧嘩売ってくる奴見たぜ？」
「……はあ」
「威勢がいいのもいいが、相手を選べよ、チワワ」
「なっ！」
　零さんがクシャリと直人の茶色い髪を触ったあと、その手を上げて横に振る。
「じゃあな。もうお前らに会うことはないと思う」
「えっ？」
　声がこぼれたほうを向く私の視線の先には、薄暗い公園から消えていく彼の後ろ姿がある。
　なにも教えてくれない。

なにもわからない。
　ひと晩一緒に過ごした男は、私とはなにもなかったとハッキリさせるかのように、ドライなひと言を残して去っていった。
　その目で私を見ることもなく、名前を教え合うことすらしなかった。
「……んだよあの男、俺のこと子ども扱いしやがって」
　悔しそうな直人の隣で、ただただ彼のことを考えながら、暗くなった公園から出た。
　出会うつもりなんかなかった。
　あのとき私が助けたことですべてが始まったんだとしたら、この恋は始まりとともに、すぐに終わりを迎えたということか。
　平和な私の世界と想像もできない零さんの世界。
　いったいその世界のどこに境界線があるのか知ることすらできないまま、終わってしまうというのだろうか。

奪われた心

直人に家の前まで送ってもらい帰ってきた家はひっそりと静かで、玄関灯の明かりしか、私を待っていなかった。
「零さん」
　もう、口にしていいのかすらわからない名前。
　出会って1日しかたってないのに好きになるなんて、きっと私は頭がおかしいんだ。
　初めてを奪われて、寂しさをうめてくれた彼のことを好きだと錯覚してるだけ……。
　そう思わなきゃ、零さんへの想いがあふれ出しそうで、嫌になってくる。
　テレビをつけると、楽しそうな笑い声が耳に入る。
　零さんもテレビ見て笑ったりするのかな？
　昨日初めてあったときも、今日再会したときも、見ている限り冷たい人には感じなかった。
　どちらかといえば優しい人。だけど。
　あんなゴタゴタに巻き込まれるほどの人なんだから、きっとそこらへんにいる男とは違うのかもしれない。
　喧嘩も圧倒的に強かったし、どちらかというと危ない人。
　私みたいな普通の女子高生が簡単に関わっちゃいけない人なんだろうけど、やっぱり零さんのことが気になって仕方がない。
　つけたばっかりのテレビを消して、制服からフード付きのパーカーに着替えて家を出た。零さんを捜しに。
　9月の夜は涼しく、心地いい。
　白いパーカーのフードを深くかぶって夜の街を徘徊する

私は、とんだ不良娘だ。
　お母さん、お父さんごめんなさい。
　あれだけ門限は21時だって決められていたのに。
　私は好きになった人を捜すためだけに、夜の世界を歩きまわってるんです。
　警察に見つからないかビクビクしながら、あてもなくさまようネオン街。
　派手派手なこの場所は、なんだか子どもが来ちゃいけない雰囲気を漂わせながら、酒に酔った大人や客引きなどを吸いよせるように集めていた。
「ちょっと、そこのお姉さん。フード深くかぶって不審者みたいねっ？　よかったらそのフードはずしに私の店に来ない？」
「いえ……けっこうです」
　50代と思われる化粧濃いめのお姉さんに話しかけられて、やんわりと断る。
　まだ感覚が子どもな私には、なんだか息苦しい世界。
　ほんとにこんなとこに零さんはいるんだろうか。
　でも、この夜の街に零さんがピッタリあてはまるから、なんとなくの勘なんだけど、いる気がする。
　そんなあたるはずもなさそうな勘を頼りに、適当に歩いていると。
「ギャハハ」と下品な笑い声を夜空へと飛ばし笑う、いかにも悪そうな男3人が目の前に現れた。
　うわっ、嫌だなあああいう人たち。

嫌いっていうか、すっごく苦手。絡まれませんように……。
　祈りながら少し離れて横を通ると。
「そういえば、さっき零さん見たぜー。相変わらずカッケーよなあの人!!」
「あっ俺も見た!!　あんま姿見せねーから、見かけるといいことありそうな気がするよなー」
「はあ!?　お前らふたりとも零さん見たのかよ!!　くそ、うらやましいぜ」
　"零"と呼ぶ名前に、思わずピタリと足を止める。
　……零さんって。あの零さん？
　いやいや、こんなゴチャゴチャしたところに同じ名前の人なんかいっぱいいるかもしれないし。
　でも、"零"なんて名前、なかなか耳にしないめずらしい名前だと思う。
　それにこんな簡単に見つかっていいものなのかと、多少の不安もあったが。
　私はこれでもかってぐらいにフードを深くかぶって、零さんの噂をする彼らに話しかけてみた。
「……あの」
「ああん」
「誰だテメェ」
「なんだコイツ、顔も見せねーで怪しい奴だな」
　話しかけたらすぐに警戒された。
　はたから見ればこの格好。

たしかには、こんな派手な街には地味すぎて、かえって怪しいと思うよね……。
　でも、そんなことをいちいち気にしてる暇なんかない。
　怖いけど……。
　零さんに会うためには、自分から行動しなくちゃいけないんだ。
「あの、盗(ぬす)み聞きするつもりはなかったんですが私、"零"という名前の人捜してて……あなた方なにか知っていそうだったので話しかけてみたんですけど、本当に零さんはこの街にいるんですか？」
「おー、いるっちゃあいるけど……つかお前誰？」
「もしかしてお前！　"兎恋(うれん)"の回し者か!?」
「あぁ!?　コイツらが最近零さんのあとを追いかけまわしてるって奴らか!!」
　いきなり意味がわからないことを言われて不良３人に囲まれた。
　あちらこちらから聞こえる、バイクの音や車の音、人の声がごちゃごちゃとうるさい中、怖すぎて緊張感が走る。
　……ウレンってなに？　私そんな人知らないよ。
　それに零さんを追いかけまわしてるって。
「あっ!!」
「な…、どうした!?」
　私が急に声をあげるから、不良３人が驚く。
　それと同時に顔を思いっきり上げたせいか。風でファサッと頭から離れたフード。

私の顔は丸見えだ。
「……子ども!?」
　3人の声が綺麗にそろう。
「ちがっ……高校生です」
「いやいや嬢ちゃん……見るからに中学生だよな……?」
「なんでこんなちんちくりんが零さんを……?」
「零さん……ついに中学生にまで手を出してしまったのか……」
「零さんってやっぱスゲーな」
　失礼なことを言って、うなずきながらさっきからハモってばっかの不良たち。
　たしかに……手、手は出されたけど。
　私は中学生じゃない!!
　それにいろいろ勘違いされてるけど、私はウレンって人でもなければ、どっかの回しもんでもないもん!!
「あ……の!　私の話聞いてもらってもいいですか?」
「いいぜー嬢ちゃん!　見たとこ零さんに害はなさそうだしな」
　わっはは、と金髪の男が笑いとばして、私の頭をガシガシと乱暴に触って子ども扱いする。
　ほんと失礼な人。
「零さん、本当にこの近くにいるんですか!?」
「おお、さっき俺見たぜ?　たぶん行き先はあそこだよな?」
　金髪さんが仲間のひとりに顔を向けて確認する。

「たぶんそうじゃないか？ 零さんこの街に顔出すとき、ほとんどあそこいるしな」
「それはどこか教えてもらってもいいですか」
「ここからだと、走って３分で着くぞ？ 場所は『NOISE』って名前のBAR(バー)だ。まあ子どもは入れてくれないと思うが、それでもいいなら行ってみろよ」
「あっ、ありがとうございます！」
「それと嬢ちゃん、本当に兎恋じゃないんだよな……？」

　さっきまで笑ってた金髪さんが、真剣(しんけん)な顔して言うから。

「安心してください。私はなんの関係もないです」

　と、こちらも真剣な顔で返した。

　すると金髪さんがニカッと笑う。

　口元から見えた歯は、日に焼けた肌(はだ)とは対照的に真っ白で。思わずふき出しそうになった。

「あっあの！ もうひとつ聞いていいですか？」
「おう？ なんだ」
「ウレンってなんなんですか？」

　さっきから彼らが口にする"ウレン"という言葉。

　零さんのあとを追いかけまわしてるって言われて、思いあたらないと言えば嘘になる。

　さっき私と直人が零さんと一緒にいたとき。

　零さんに喧嘩を売ってきたピンク色の髪の男とその付き人みたいな赤髪の男。

　たぶんその人たちが関係してると思う。

「兎(うさぎ)に恋と書いて兎恋。……嬢ちゃん、兎恋を知らないっ

てことは、零さんの正体も知らないってことだよな？」
「零さんの正体ってなんですか。それは……」
　目を見開いて信じられないと言いたげな表情。
「まいったなー」と頭をガシガシとかいて、金髪さんの顔つきが一瞬にして変わった。
「零さんのことあんまり知らないのに、零さんに近づくのはやめといたほうがいいぜ、嬢ちゃん」
「……えっ？」
「やっぱさっき言ったBARには行くな。そして零さんにも会うな。もし見つけたとしても絶対話しかけるな」
　話しかけるな？　急にそんなこと言われても困るし、言ってる意味がわからない。
　零さんに会いたいだけなのに、なんでこの人にここまで言われなきゃいけないの？
　さっきまで普通に零さんのこと教えてくれたのに。
　ギリッとこぶしを握って、彼らの横を通り抜ける。
「おい!!　嬢ちゃんBARには行くなよ絶対」
　私は金髪男の言葉を無視して足早に歩く。
「聞いてんのか!?」
　後ろから聞こえてくる怒鳴り声が近づいてきたと思うと、肩を掴まれて振り返る。
「なんなんですかっ……！」
「零さんには会うな」
「なんでですか」
「嬢ちゃんの話聞いてる限り、お前そこらへんにいる子ど

もだろ!?　そんな"普通"の子どもが零さんに関わろうとするんじゃねーよ」

　大きな怒鳴り声は辺りの通行人を怖がらせた。

　この人はなにを言っているの……？

"普通"ってなに？

　たしかに私はあなたたちからしてみれば、髪も染めてなければ、両親亡くしてもグレないでちゃんと学校行ってる普通の子だよ。

　でも……でもね。

「零さんだって……」

「ああん？」

「零さんだって普通の人だもん!!」

　金髪さんに向かってそう叫んだとき。

　後ろにいる金髪さんの仲間たちも、こっちへやって来る。

　あぁ、もしかして私、今からボコボコにされちゃうのかな？　我ながらバカだと思う。

　不良相手に生意気に言い返しちゃってさ。

　でも私は間違ったことは言ってない。

　たしかに零さんは、出会ったその日から危ないオーラプンプン漂わせてたし、そもそも私の家の前で怪我して意識ないまま倒れてたし。

　そんなことって普通に生きてたら絶対起きないことだよ。

　でも、そんな普通じゃない零さんと周りから見たら普通の私が出会ってしまった時点で、私の世界はどんどん普通

じゃなくなってくるんだ。
　私の心の中に入り込んでしまった彼のいる世界へ、自ら足を踏み入れたいと思った。
　そんな危険な世界へと自分から進んで向かっていく理由は、けっこう単純なものだ。
　——零さんが好きだから。この理由以外ほかにはない。
　彼のことをなんにも知らないのに好きになるなんて、自分でもどうかしてると思う。
　ただ、今はっきりとわかっていることは、零さんは私の知らない世界をすべて知っているということ。
　そして、私は零さんの知らない世界を知っているということ。
　だから教えてあげたいと思った。
　私の"普通"と零さんの"普通"。
　お互いがお互いの世界を知らない。
　知らないから、そんな彼に私は心奪われたのかもしれない。
　私がこのネオン街に足を踏み入れて１時間は経過しているのに、街は一向に明かりを消そうとはしない。
　それどころか、増えてく一方だ。
　金髪さんと私の睨み合いが続く中で。
　先に目を逸らして、ため息をついたのは金髪さんのほう。
「誰もが恐れ、誰もが尊敬してる零さんのことを普通扱いしてる奴、初めて見たぜ」
「えっ？」

「嬢ちゃんいい根性してんじゃん。もしかして零さんに惚れてんのか？」
　なっ……なぜそれを！！
　金髪さんに図星を突かれて、顔が熱くなる。
　頬は赤く染まっているに違いない。
　わかりやすい反応をしてしまったせいで、その顔を隠すようにフードをあわててかぶった。
　そんな私を見て金髪さんが笑う。
「嬢ちゃん……零さんに会うななんて言って悪かったな」
「へっ」
「嬢ちゃんなら、零さんの苦しんでる心……解放してくれそうだ」
　意味深なことを言った金髪さんが、仲間のポケットに勝手に手を突っ込んで、そこから鍵を取り出した。
「おいお前ら！　俺は嬢ちゃんをバイクでNOISEまで送る。だからお前らは先に帰っててくれ」
「えっ、でもお前それ俺のバイク……」
「あとでちゃんと返すから大丈夫だ。BARの前まで送るだけだから中には入らねーよ。さすがにこの時間に女の子ひとりで歩かせるわけには行かねーしな」
「お前ってほんと自分勝手だよな」
　バイクの鍵を取られて納得いかなそうな仲間を金髪さんは気にもとめず、私の背中を軽く手で押して歩くよう誘導した。
「バイクが置いてある駐車場まで少し歩くけど、それでも

いいなら送ってやるよ!」
「すみません、ありがとうございます」
「あっ、嬢ちゃんの名前は?」
「加島朝日です! 金髪さんは?」
「朝日か! いい名前だな。俺は西木戸勝。ダチにはマッサーって呼ばれてるから、マッサーって呼んでくれよ」
「マッサーさんですね! ちなみにマッサーさん何歳なんですか?」
「あー? 高校2年生だ」

　信じられない。まさかの同い年だ。
　もっと年上だと思ってたから、驚きを隠しきれず無言になる。
　だってこんな大人が集まるようなところで。
　普通高校2年生がウロウロしてる!? 絶対しないよ!!
　改めて不良のすごさを目の前にしたとき、バイクが置いてある駐車場に着いた。
「ほら嬢ちゃん。男用のヘルメットだから少しブカブカかもしんねーけど、ないよりマシだろ」
「あっ、ありがとう」
「……? どうしたんだよ急におとなしくなって」
「マッサーが私と同い年だなんて信じがたくて」
「嬢ちゃん俺と同い年なの?」
「うん」と首を縦に振った私に、マッサーの口がだらしなく開いた。
「それじゃあ嬢ちゃんなんて呼べねーじゃねーか」

「知らないよそんなこと！　そんなことより早く零さんのところ連れてって!!」
「この野郎。同い年とわかった瞬間に生意気になりやがって」

　だってマッサー、最初見たとき怖かったから苦手なタイプだと思ってたけど、けっこう話しやすいんだもん。

　マッサーが友達から借りたバイクに乗ってエンジンをかけると、私も後ろに乗る。

　ヴォンとうるさい音が、私を悪い子にさせたみたいだ。

　だってこんな夜に、男の人とバイクで２人乗りするなんて。

　零さんに会ってから、私が普段歩いてる人生とはどんどん違う方向へと進んでいってる気がする。

　でもそれでこんな退屈な世界から抜け出せるなら、私はたとえ、この先一生零さんに会えなかったとしても彼を追いかけると思うの。
「おっしゃー、朝日。しっかりつかまってろよ」
「マッサー、私バイク乗るの初めてだから運転荒くしないでね？」
「そこらへんは任せろ。安全第一だ!!　行くぞ」

　エンジン音が再び鳴りだして。

　安全第一なんて言ってるそばからバイクを飛ばすマッサー。

　これのどこが安全運転なのか、今すぐバイクから降りて説明してほしい。

気分フラフラの私は、目的地に着くまでおとなしくしていた。
　そして、走って3分で着くはずだったBARには、バイクで1分かかるかかからないかのうちに着いた。
「着いたぞ、朝日」
「うぅ……やっぱ走っていけばよかった」
「なに情ねーこと言ってんだよ！　さっきまで俺に言い返してた、あの勢いはどこいったんだよ」
「だってマッサー運転荒いんだもん」
「ほんと女ってーのは、バイク乗せるとうるさくなるよなー。ほらさっさと零さんのとこへ行きな」
「マッサーは中入らないの？」
「それはさすがに勘弁。俺これ以上問題起こしたら学校退学にさせられちまうぜ」
　退学って。いったいなにしたのマッサー。
　バイクに酔って、しばらく動きたくないけど、仕方なくバイクから降りてヘルメットを返した。
「マッサー、ここまで本当にありがとうね」
「いやいや！　べつにいいぜこのぐらい。またどっかで会ったら声かけろよ？　俺らは今日からダチだ」
「……うんっ！」
　男くさいマッサーが、手をグーの形にして私のほうへと差し出すから。私も手をグーの形にして、コツンと合わせた。
「それじゃあ俺はダチの家にバイク返しにいくから。じゃ

あな!! 気をつけろよ」
「うんっ。またねマッサー」
「おう!」
　マッサーがバイクを飛ばして私の目の前から消えていく。
　人は見かけによらないってこういうことなんだなー。
　今まで関わってこなかったタイプの人と関わると、なんだか自分が新しく生まれ変わったような気がしてくる。
　よし。それじゃあ入りますか!!
　落ち着いた大人の雰囲気を醸し出してるBARの入り口に立つと、勇気を振りしぼってドアを開けて中へと入った。
　ここのどこかに零さんがいる、そんな期待が胸を刺激した。
　ドアの向こうは、やっぱり子どもの私には別世界の空間で、未成年だとバレないようフードを深くかぶった。
　落ち着いたBGMが流れる店内。
「いらっしゃいませ」
　見た目からして紳士的なバーテンダー。
「……カウンター空いてますが、いかがですか？」
「えっ、いや大丈夫ですっ！　あっちのほうで飲ませていただきます」
「そうですか。では注文がお決まりしだい、お呼びください」
　カウンターの中からかけられたバーテンダーの声に心臓がはね、ドキドキする。
　あの目つき、あの態度。完全に疑われてたよね!?

もし未成年ってバレたらどうなるのかな……？
　警察に連れていかれるのかな。
　そうなったとして、身元を引き受けてくれる人なんか私にはいない。
　いや。伯父さんがいるけど、伯父さんの家はここからは遠いし、迷惑もかけたくない。
　とりあえずバレないように奥へ奥へと移動する。
　キョロキョロと目をあちらこちらへ動かしても、零さんらしき姿の人はいない。
　ていうか、さすが大人のたまり場。
　男の人の首に腕を回して、みんながいるのに大人のキスをし始める女の人。
　子どもの私には刺激が強すぎて、なんだか見てはいけないものを見てしまった気分だ。
　怪しまれないようにイスに座る。
　マッサーめ……零さんいないじゃん、嘘つき!!
　こんなところ、一度入っちゃったらなにか頼まないと出るに出られないよ。
　もうなに頼めばいいかわかんないし。
　ていうかほとんどお酒だし。
　メニュー表の文字が英語だらけでカッコよすぎてなにがなんだかだよ、ほんと。
　うぅ……と半泣きになってメニュー表をペコペコと子どもみたいにへこましてたとき。
「なににいたしましょうか？」

紳士的なバーテンダーの笑顔も、今じゃすっかり悪魔に見える。
　呼んでもいないのに注文取りにこないでほしい！
　ていうか注文する気ないんだけど、どうすればいいんだろう。
「えっ……と、えーと」
「BARは初めてですか？」
「あっ、はい」
「そうなんですか……」
　ジロジロ見られてうつむく。
　バーテンダーが、手に持ってるグラスをクロスでキュッキュッと拭いて気まずい状況に。
「もしかして人捜しですか？」
　バーテンダーは拭いたばっかりのグラスをコトッと私の前に置き、オレンジジュースを注ぎながら言った。
「えっ？」
　バーテンダーの疑いの目は、急にやわらかい表情へと変わった。
「よく、このBARに人捜しに来る人が多くてね」
「……」
「君みたいに席に着いて挙動不審にしている人もいれば、店の窓ガラス割っちゃうバカもいるんだよね」
「は……はぁ？」
　いったいこの人はなにが言いたいんだろう……。
　注がれたオレンジジュースをひと口飲んで「ありがとう

ございます」とお礼を言うと、バーテンダーが私を見て笑う。
「君が捜してる人は"零"って名前の男だよね?」
「えっ、零さんのこと、知ってるんですか!?」
「ふふっ、やっぱり零君のことを捜してたんだね」
　零さんの行きつけのBARに彼を捜しにくる人って、私だけじゃないんだ……。
　でもバーテンダーの話を聞いてる限り、それが"好意"で捜しにきてるとは限らないってことだよね?
　店の窓を割る人がいるってことは、それぐらい零さんに悪意をもって喧嘩売ってるってことにもつながるし。
「あの……零さんは、もう帰っちゃいましたか?」
「ん?　あぁ、零君にはおつかい頼んであるから……そろそろ帰ってくるんじゃないかな?」
　零さんがおつかいって。
　あの見た目から、おつかいなんて似合わなすぎて、思わず口に含んでいたオレンジジュースをふき出しそうになる。
　でもよかった……。
　ここでしばらく待っていれば会えるってことだよね?
「すみません、零さんが来るまでここで待っていてもいいですか?」
「うん、いいよ?　君みたいな礼儀正しい子なら零君も不快にはならないと思うし」
「不快って……」

「いつも零君を訪ねてくる連中は、零君に勝負挑んでくる奴ばっかだから……だから君みたいなかわいい女の子が訪ねてきてくれると零君も喜ぶと思うよ？」
　話してて思ったんだけど、返す言葉がないくらい、バーテンダーってけっこう天然タラシだと思う。
『かわいい』って……。
　私みたいなどこにでもいそうな平凡タイプには、ほど遠い言葉すぎて悲しくなる。

　あれからけっこう時間がたった。
　グラスに残ってるオレンジジュースを一気に飲み干す。
　もう夜中の0時。いつもなら寝てる時間だ。
　ウトウトと閉じそうな目を無理やり開いて踏んばっていると、ガチャっとドアが開く音がする。
　零さんが戻ってきたんだと期待してドアのほうを見ると、全然違う男だったのでガッカリする。
　……あれ？　あの人どこかで見たような……。
　空気を読まないBGMがアップテンポになってきたとき。
　絶対に今日見たであろうピンク色の髪の男と目が合った。
「……あっ！　テメェ‼」
「うえ⁉」
「お前、今日零と一緒にいた女……‼」
　着ている特攻服を揺らしながらズカズカと私のほうに向かってくる怖い顔をしたピンク色の髪の男。

……なにこの人。今日零さんに一発KO負けしたのに、もう立ちなおったの!?
　男の生命力にビビっていると、バーテンダーが私の前に立って、ピンク色の髪をした男を威嚇した。
「また……あなたたちですか？　いい加減にしてもらえますかね」
「あん!?　お前が零を出さねーからだろ」
「だからいつも言ってるじゃないですか、零君はここにはいません」
　店にはほかのお客さんもいるのに、こんなガラの悪い人が入ってきてバーテンダーも相手するの大変そう。
　だいたい、今日零さんに負けて痛い目みたくせに、まだこりてないなんて不良も大変だなーと、目線を不良に戻したとき。
　特攻服にどでかく書かれてる"兎恋"という文字が目に入る。
　思わず二度見してしまった。
「うっ、兎恋って」
「へぇー……お前みたいなガキでも"兎恋"知ってるんだな？」
「名前だけ」
　今日、マッサーとマッサーの友達がよく口にしていたから名前だけはわかる。
　すっごく気になってた兎恋の存在がまさか……。
「俺は兎恋１代目総長に仕える幹部、鬼口(きくち)だ！　覚えてお

けよ」

　暴走族だったなんて。

　零さんを捜しに出て、やっとここまでたどり着いてこれだ。

　いろんなことが起きすぎて、頭がゴチャゴチャになってくる。

「つか、早く零だせよ。こっちは総長の命令で動いてんだ、あんまり時間かけると、お前も零もひどい目にあうぞ？」

「いないものはいないんです、脅したって無駄ですよ。いい加減店に来ないでください。営業妨害ですよ」

「ちっ。めんどくせー店員だなお前。さすが零の友達だな？」

「めんどくさいのはあなたたちです。もし帰らないなら……」

　さっきの優しいバーテンダーとは違ってピリッと鋭い目つきになり、一瞬にして雰囲気が変わる。

　そんなバーテンダーを鬼口という男は鼻で笑って、「帰らなかったら……どうすんだよ？」と煽るように言った。

　すると。

　バシャッと静かな音が聞こえて、鬼口の頭から特攻服にかけてポタポタと水がしたたる。

　バーテンダーが持っているグラスを見て鬼口がキレ始めた。

「……テメェ、一般野郎が暴走族相手に喧嘩売るとはいい度胸じゃねーか」

「先に喧嘩を売ってきたのはそちらでしょ。店を荒らされ

るのは、これ以上我慢できませんから。私だってこの店とお客様の大切な時間を守るためには手段を選びませんよ」

　今にも喧嘩をおっぱじめそうなふたりに、ほかのお客さんたちも視線をよこす。

　鬼口という男、さすが族の幹部やってるだけあって、迫力がある。

　しかも、バーテンダーまでもがこの迫力。

　もうなにがなんだかわからなくなってきて、店のムードぶっ壊しのロック調の曲が流れだしたとき。

　ドアが静かに開く。

　そして、彼が店に入ってきたその瞬間から、誰もが視線を奪われて息をのむ。

　──圧倒的存在感。……零さんだ。

　やっと零さんの姿が見られてホッとひと息──つきたいところなのに零さんの前に、鬼口が立つ。

「よう零、お邪魔してるぜ」

「またお前か。こりねー野郎だな」

「んなつれねーこと言うなよな？　今日お前に殴られたところが痛てーんだ……よっ!!」

　いきなり零さんに殴りかかる鬼口。

　でも零さんはそれを想定していたのか、ピンク色の男から繰り出されたパンチを軽くかわす。

「へっ……さすがこの街最強の男じゃねーか」

「いい加減にしろよお前。俺は暴力が嫌いだ」

「はっ、零って言ったら暴力だろ？　なにを今さら」

「……」
「ほら、なにも言い返せねーじゃねーか。まあ、でも今は喧嘩するためにお前を訪ねてきたわけじゃねー」

　特攻服のポケットから出された白い紙に小さく書いてある文字。

　ものすごく気になって、書かれてる文字を見ようとするけど、「お前は見るな」と零さんに睨まれた。

　それまで1回も目を合わせてくれなかったから心配だったけど、零さんに私がいることは認識されてたみたいでうれしくて、言われたとおりにする。
「なっ？　零。頭もお前の力が欲しくてたまらねーんだよ。だから礼儀正しく手紙までお前に書いてやってんじゃん」
「……それがなんだ」
「いい加減、兎恋に入れよ？　お前なら幹部……いや総長の右腕にだってなれる」
「……」
「兎恋は最高だぜ？　仲間思いだし、街に出れば好き放題暴れまわれるし……。なにより今まで邪魔者扱いされてきた俺たち不良からすれば、兎恋という居場所は生きてるって実感させてくれるんだ」

　両手を広げて熱く語る鬼口に、零さんは「興味ねーな」と一蹴。

　兎恋……。今日初めて知った暴走族だけど。

　そこまでして零さんを仲間に取り入れたいのは。

　零さんの力で、なにか大きな野望を叶えたいからじゃな

いのかな……？
　たぶんそれは、"力"なしじゃ叶えられない野望。
　そんな危ないことに、零さんが関わるなんて絶対嫌だ。
「あの……鬼口さん？」
「ああん？」
「零さんは興味ないってハッキリ言ったんだから……もう帰ったらどうですか」
「……いきなりなに言いだすかと思えば、テメェー喧嘩売ってんのか？」
　ピリッと変わる鬼口の雰囲気に、思わずゴクリと唾をのむ。
　でもここで怯んだら、私が零さんを捜した意味がない。
　ただでさえ零さんとは、まだわかり合えてもいないのに。
　さあこれからっていうタイミングで族になんかに割って入られたら、わかり合うどころか、この先一生、零さんと関われないような気がして嫌だ。
「……ちっ。まあ俺も男だ、女に手を上げる趣味はねー。けど」
「……」
「男の世界に、女が口出ししてんじゃねーよ」
　それは族だから言った言葉なのか、それとも男としてのプライドからかわからないけど、もう鬼口に言い返す勇気が私にはない。
「それじゃあ零、兎恋に入るかどうか……いや、入ってくれねーと困るのは俺らなんだから、絶対入れよな」

「なんでお前らの都合に合わせなきゃなんねーんだよ」
「理由は族なら誰でも欲しがる日本一。総長も俺も兎恋の仲間たちも、兎恋が日本一の族になるようそれを望んでる。そのためにはお前の力が必ず必要だ」
「……」
「あと、もしお前が早く答え出さねー場合」
　鬼口が私のほうを指さす。
「この女拉致って、無理やりお前を兎恋の倉庫へと、その足で取引に来させるからな」
　私なんか人質にとっても意味なんかないのに。
　鬼口の勘違いに胸が痛む。
　だって……私と零さんの間には関係もないことを再認識させられたから。
「それじゃあ」と口にくわえたタバコに火をつけ、煙を店に残して出ていく鬼口。
　ドアが閉まる音が聞こえると、一瞬にして体の力が抜けた。
「それにしても困ったことになりましたね」
　鬼口が去って数秒しかたってないのに、すぐに落ち着きを取り戻したバーテンダーが、零さんに水の入ったグラスを渡しながら言う。
「零君、兎恋に入る気は……」
「死んでもねーな」
「なら、この女の子、どうする気なんですか？」
　……もしかして、私がここに来たことでかえってややこ

しくなってる?
　ゴクゴクと水を一気に飲み干す零さんからバーテンダーへと目線を移して。話の内容に私が出てきて驚く。
「えっ……と?　でも、なんで私なんですかね?　私、兎恋とは関係ないですよ?」
「まあなくても、零君のせいであなたが狙われちゃいましたからね。さっき鬼口って人が言ってたでしょ?　あなた拉致って零君を兎恋の倉庫へ無理やり来させるって」
「でもそれって、零さんのせいじゃなくて、私が零さん追っかけてこっちまで来ちゃったから……」
「いや、俺のせいだな」
「……零さん」
　零さんがコトッとテーブルに置いた中身のないグラスを、バーテンダーが下げる。
「そもそも俺が、お前の家の前で倒れてなければ、お前を巻き込まずにすんだ」
「違いますよ!!　あれは勝手に私が助けただけで」
　そう、自分から関わってしまった私が悪いんだ。
　零さんが生きてる世界が、こういう世界とは知らずに零さんに関わってたとしても。
　それで零さんを責めるのはまた違うような気がする。
　だって無理やり関わろうとしてるのは私のほうだから。
　恐怖心のほうが強いなら、マッサーたちに止められたときに、追いかけるのやめてると思うし。
　それに。

「零さん! やっぱりいろいろ考えてみたんですけど。どこをどう考えても零さんのせいじゃないんで」
 ひとり熱くなる私を零さんは黙ったまま見つめ、空いていたカウンター席に腰を下ろす
「逆に私がここに来なければ、鬼口って人に零さんがあんなこと言われずにすんだし……私のほうが巻き込んじゃってますよね……すみません」
 謝る私に、なにか言いたげな零さんの口が開きそうで開かない。
 髪をかき乱しながら「はあ」とため息をつく零さんを見て、傷つかずにはいられない。
「だから、私のことは気にしないでくださいねっ! これでも用心深いほうなんで、たぶん家にいれば拉致られる心配もないと思いますし」
 アハハと精いっぱい笑ってみせる自分が"痛い奴"みたいで、零さんに迷惑かけちゃったから。
 それで嫌われちゃうのも嫌だし、なんとか私は私で自分を守ろうと思った。
 怖いけど、零さんに無駄な負担はかけたくない。
 やっぱり私みたいな真面目な奴が、零さんたちの世界に勝手に足を踏み入れちゃダメなんだ。
「それじゃあ、私、帰ります」
 イスから立ち上がって、再度フードを深くかぶり、店から出ていこうとしたとき。
「待てよ」

流れる音楽と混じりながら。低い声がすぐ後ろから聞こえてきて、素直に足を止める。
「おい神崎、またあとで連絡する。俺はこの女、家まで送ってくる」
　零さんが私のほうに近づきながら、バーテンダーに声をかける。
「わかった。せっかく零君に会いにきてくれた女の子だもんね。ちゃんと安全に帰さないとね。見たところ……おつかい頼んだのになにも買ってきてないみたいだし」
「お前はいつも、ひと言ふた言余計だ」
　零さんが私の隣に来ると、「行くぞ」とドアを開ける。
　外はよりいっそうキラキラと、いろんな色でうめつくされていた。
「ほら、乗れ」
「えっ？」
　私にヘルメットを渡して先にバイクに乗る零さん。
　バイクに乗る零さんが絵になりすぎて……。
　カッコよすぎる彼を食い入るように見ていたら、バイクのエンジンをかけ始めた。
「乗らねーなら、ひくぞ」
　なんて脅されるから。
　ヘルメットをかぶって急いで零さんの後ろに乗った。
　零さんの後ろからお腹に手を回すと、走りだすバイク。
　マッサーの後ろに乗せてもらったときとは全然違う心臓の音。

バイクは車みたいに屋根がないから、怖いものだとずっと思っていたのに。
　零さんの後ろだと無駄なくらい安心してしまうのは。
　なぜだろう……？
「おい」
「……」
「おい！」
「ひゃい!?」
「着いたぞ。いい加減離せよ」
「うわぁ!!　すみません!!」
　いつの間に着いたのか。
　夢の世界へと飛んでいた私は、あわてて零さんのお腹に回してた手を離す。
　街のキラキラに目が慣れていたせいか。
　自分の家の周りがすっごく地味に見える。
「零さん送っていただき、ありがとうございました。
　それじゃあ」
　バイクから降りて、ぺこりとお辞儀をして自分の家のドアを開けたとき、ガシッと腕を掴まれる。
「えっ……？　なに……」
「今日も泊まらせろよ」
「はいっ!?」
　他人の家なのに、そんなの関係なしに勝手に家の中へと入っていく零さん。
　私も靴を脱いで零さんの背中を追っかけた。

「ちょっ……！　零さん意味がわからないんですけど」
「お前、名前は？」
「あっ……加島朝日です」
「なあ朝日」
　いきなり名前を呼ぶと、同時にタバコに火をつけ始める零さんにドキッとする。
「お前が勝手に俺に関わろうとしたとはいえ、兎恋にお前が狙われたのはお前のせいでもある」
「……はい？　知ってます……よ？」
「だから、俺はお前の家に当分いさせてもらうことにした」
　勝手に決める零さんはまるで王様。
　この人はいったいなにを言っているんだろう。
「なに勝手に決めてるんですか！」
「どうせお前ひとり暮らしだからいいだろ」
「そういう問題じゃな————い‼」
　えっ、なに？
　零さんが私の家に当分いるってことは。
　零さんが私の家でご飯食べたりお風呂入ったり眠ったりするってことだよね……？
　しかも私が学校行く前には。
「いってらっしゃい朝日、お前の帰りずっと待ってるぜ」
なんてささやかれちゃったりしちゃうのかな。
　勝手に妄想(もうそう)していると、モクモクとタバコの煙で消されてしまう。
　ドサッとソファに座った零さんが、携帯灰皿でタバコの

火を消した。
「兎恋は最近できたばっかのチームだ。でも最近できたチームだからこそ、興味本位で人が入りやすい。実際人も集まってきてるしな」
「……」
「だから新人野郎のつくったチームだからって、あんま甘く見てると痛い目見るのはお前だ、朝日」
　……いやいやいやいや。
　そもそも暴走族となんの関連もないんですよ私。
　そんなこと言われたって知らないですよ。
「あの……零さん。私暴走族とかよく知らないんで、兎恋も今日初めて知ったんですが」
「んっ？　そうなのか？……てっきり夜のBARにひとりで来るから、とんだ不良娘だと思ってたんだが、違うのか。兎恋は不良なら誰でも知ってるからな……」
「……」
「たしかにお前、不良ってガラでもねーしな？」
　零さんって、もしかしたら天然……。
　いやバカなのかもしれない。
　だからBARで言ったとおり。私はあなたを追いかけてビビりながらもあそこまでたどり着いたんですー!!
　さっきから、イマイチ会話が噛み合っていない私と零さん。
　とりあえず落ち着いて零さんの話を聞こうと、床に腰を下ろした。

「兎恋はお前を狙っている。それはお前のせいでもあり、俺のせいでもある」
「いや違いますよ、私が」
「いいから最後まで聞け」
「……」
「狙われてるってことは、お前の居場所を突き止めて、この家にまでやって来る可能性があるってことだ」
「……」
「だから俺はお前を守ることにした。元はといえば俺が原因でもあるしな」
　そんな……そこまでしてくれなくても。
「だからお前の安全のために俺をここの家に少しの間いさせてくれないか……？」
「……なんでそこまで」
「心配だからだ」
「！？」
「俺はお前の人生にトラウマを植えつけたくない。
　しかも族ってーのは、集団だ。女ひとりでは絶対身を守れないだろうからな」
　真剣に心配してくれている零さんに対して。
　私は、暴走族相手に自分ひとりでも身は守れると甘い考えを抱いていたみたいだ。
「零さん、すみません迷惑かけちゃって」
「いや……お前も俺の怪我の手当てしてくれただろ？　それのお礼だ」

「ありがとうございます！」
　義理堅い零さんに頭を下げる。
　出会ったその日から。私の中で零さんの存在はもともと大きかったけど。
　零さんが、マッサーたちから大物扱いされている意味がわかったような気がする。
「朝日、お前明日学校だろ。寝ないとやばいんじゃないか？」
「あっ、はい……零さんも一緒に……」
　無意識に言いそうになってハッとする。
　そういえば私、あのベッドで零さんに1回抱かれてるんだった。
　思い出した瞬間、一気に顔が熱くなる。
　そんな私を見て、零さんが「どうした？」とこっちへ近づいてくるから。
「なんでもないです!!」と後ろへ下がった瞬間。
　——ズルッ!!
　足をすべらせて思いっきり壁に頭を打ちつけた。
　痛みを覚えて、そこからの意識がプツンッと途切れた。

コイゴコロ

◊

ふわふわ……ふわふわと。
　ボヤけて見える白い天井(てんじょう)は、まるで綿アメ……って。
「うわあっ!!」
　ガバリと勢いよく起き上がって、意識をハッキリさせて自分の家だとわかってホッとする。
　頭をぶつけたその瞬間から記憶がない私にとって、自分の家なのに一瞬不安を感じたのは、リビングから寝室に場所が変わっていたからだ。
　……あれ？　そういえば零さんは。
　モソッとなにかが動いて布団がめくれる。
　そしてめくれて見える人の肌に、思わず言葉にならない声をあげてしまった。
「なんだ？」
「零さん服ー!!」
「はあ？」
　私の言葉にもならない声のせいで、寝ている零さんを起こしてしまったけど悪いとは思ってない。だって零さん上半身裸(はだか)なんだもん。
「零さんほんっと最低です！」
「お互い裸になったことあんのに、なにを今さら……」
「わ───!!　ほんとに最低!!　もういいですっ！　私ご飯作るんで零さん寝ててください」
「それより風呂借りていいか？」
「……どうぞ」
　デリカシーのない零さんは、女の子のベッドで半裸(はんら)で寝

たってことに反省もせずに風呂場へと行こうとするから、タンスにしまってあるお父さんの服を貸してあげた。
　そして零さんが風呂に入ってる間に朝ご飯を作る。
　ご飯ができあがったとき、ちょうど零さんもお風呂から上がってきてダイニングのイスに向かい合って座ると、一緒にご飯を食べた。
「うめぇな」
「この前は余りのカレーですみません」
「あれもうまかったな……お前いい家政婦になれるんじゃないか……？」
　なんでそこで家政婦チョイスなのか。
　普通は「いいお嫁さん」とか「いい奥さん」とか。
　そういう言葉が出るもんじゃないの？
　乙女心がわからない零さんに、これ以上なにを言っても無駄だとわかって、お互いご飯を食べ終えた。
　そして洗い物して、準備をして、やること全部終わって、学校に行こうとしたとき。
「学校まで送る」と、零さんがバイクの鍵を手に取った。
「えっ、いいんですか!?」
「登校中に兎恋に拉致られたら、一緒にいる意味がねーだろ」
「たしかに。それじゃあ、お願いします！」
「ん」
　朝から好きな人に学校まで送ってもらえるなんて夢みたいで。

ニヤけてしまう顔に手をあてて、家から出た。
「おい朝日」
「どうしたんですか、零さん？」
「お前、顔にご飯粒ついてるぞ？」
「えっ!?　嘘でしょ!!」
「お前ちゃんと顔洗ったのか？」
「失礼ですね……ちゃんと洗いましたよ」
　きっと洗い物してたときについちゃったんだ!!
　言い訳する暇もなく、恥ずかしくて取ろうと適当に顔を触っていると、零さんの手が私の口元に触れて。
「ほら、取れたぞ？」
　口角を上げながら、ご飯粒を見せてくるから私の心臓はドキドキと脈打った。
「……零さん、ほんとズルイです」
「はあ？」
「バカバカッ!!　乙女心わからないくせにこんなときだけー!!」
「……なに言ってんだお前」
　頭にハテナマークを浮かべている零さんが。
　バイクに乗って私もまねするように後ろに乗って、渡されたヘルメットをかぶった。
「朝日、しっかり掴まってねーと落とすぞ」
「えっ、なんでですか」
「学校何時からだ？」
「……8時40分までには登校しないとダメなんですけど、

それがなにかあるんですか?」
「時計見てみろ」
　零さんに言われて、カバンからスマホを取り出して。電源を入れたとき。
　8時30分という時刻に目が点になる。
「ぎゃあぁぁああ!!　零さん、8時30分です!!」
「だろーな。家出るとき8時25分だったぞ?　飛ばすからしっかり掴まってろよ」
「わかってたなら早く言ってくださいよ」
「お前ひとり暮らしなら時間の管理ぐらい自分でやれよ」
　ごもっともすぎてなにも言い返せず、走り出すバイク。零さんのお腹に手を回して、零さんがこんなにも意地悪だったとは知らなかったと、拗ねるように後ろで頬を膨らませていた。
　零さんが急いでくれたおかげで早く着いた学校の校門前。
　チラチラと登校中の生徒たちに見られて、あきらかに目立っていることがわかる。私じゃなくて、零さんが。
「ありがとうございました」
「帰りも呼べ、迎えにくるから」
「えっ!?　帰りまで、本当にいいんですか?」
「今日は仕事も休みだしな。お前の連絡先教えろ」
「えーっと、ですね」
　ヘルメットを返すと同時に、スマホを取り出してお互いの連絡先を交換した。

ついでに家の合鍵も零さんに渡しておいた。
　ふたりのつながりが増えきてニヤニヤしてしまう私に。
「じゃあな」と、さっさと校門前から去っていく零さんがカッコよすぎてつらい。
　そんなカッコよさに見とれてる暇なんかない。
　急いで教室まで走って、勢いよくドアを開けた。
「セーフだな加島、あと２分で遅刻だったぞ」
「……よかった」
　先生に言われてホッと胸をなでおろして、自分の席へと座ると、前の席の直人が話しかけてきた。
「あーさひ、おはよ」
「おはよ直人」
「めずらしいじゃん、お前が遅刻って」
「あー、うん」
　昨日はいろいろありすぎたんだよ。
　昨日っていうか、時計の針が０時回っちゃってたから今日に入っちゃうか。
　直人と帰ったあとに、零さん捜しに夜の街を出歩いてたら。
　兎恋に狙われるわ、零さんが家にしばらくいることになるわ……ほんといろいろありすぎてため息さえ出てくる。
　零さんが家にいてくれること自体は全然うれしいんだけどね。
「ねぇ直人」
「なんだよ」

「男の人って、食べ物とかどんなものが好きなのかな……」
「はあ!? お前もしかして彼氏できたわけ!?」
　驚いてイスから立ち上がる直人に、先生が咳払いして授業を開始する。
　周りの笑い声の中、直人は恥ずかしそうにイスに座った。
「でっ……できるわけないじゃん!!」
「ははっ、だよな。お前みたいなブスにできるとか、地球が回らなくなるくらいありえねーぜ」
「……」
　直人のお母さん……あなたの息子さんは。
　昔はそれはそれは素直でかわいかったのに。
　今は女の子に対して失礼なことを平気で言うような子に育ちました。
「絶対彼氏できても直人にだけは教えてあげないからっ」
「はっ、俺以外男友達いねーくせに」
「いるよ!!」
「誰だよ」
「隣のクラスの花ちゃん」
「女だろ……」
　直人がバカにしたように鼻で笑うから余計ムカついてくる。
「でか俺以外このクラスで相談できる奴いねーだろ？ しょうがねーからこの俺が相談相手になってやるよ」
「なんなの急に」
「はあ？ 普通の恋バナだろ。まず最初にお前の好きなタ

イプ教えろ」
「はあ!?　なんでそんなこと直人に教えないといけないの!?」
「だーかーら、ただの恋バナだろ？　いいから教えろよ」
　私の好きなタイプとか。そんなの聞いてもおもしろくないのに。
　少し強引な直人に動揺してしまい、カバンから出した教科書を落としてしまった。
「加島さん大丈夫？」
「えっ？」
「はい」
「……あっ、ありがとう」
　隣の席の田中君が落とした教科書をすぐに拾ってくれた。
　田中君って、あんまり話したことないけど優しいんだなー。
　それに比べて……。
「直人とは大違いだね」
「はあ!?　なんだと朝日!!　もういっぺん言ってみろ！」
「なんでもありませーん」
「朝日この野郎!?」
　授業中にもかかわらず、大騒ぎするから。
　先生に「うるさいぞ、お前らふたり!!」と怒られてしまった。
　そもそも私は恋バナなんかしたくなかったのに、先生に

怒られたのは直人とのせいだと、ノートに直人の顔を嫌がらせでヘタクソに描いてやった。
　そして終わる授業。
　チャイムが鳴ると、ちょうどヴーヴーとスマホからバイブ音が鳴る。
　誰からだろう？
　スマホを手に取ると、画面には『零さん』と表示されていた。
「ぜっ……零さん！？」
　あわてて電話に出ると。
『朝日』
　と、最初に名前を呼ばれて、うれしすぎて耳から全身が溶けてしまいそうだ。
「零さん……どうかしましたか」
『いや？　お前家に弁当忘れてるぞ』
「えっ！？」
　零さんに言われてカバンをあさると、いつもカバンに入ってるはずの水色のハンカチに包まれている弁当箱がない。
「……お昼なしけってーい」
『届けてやろうか』
「えっ、ほんとですか！？」
『あぁ。さすがに昼なしはキツイだろ？』
　零さんって、ほんとなに？　イケメン？　いや、神様？
　どっちでもいいけど、あの顔でこの性格とか絶対モテる。

「それじゃあ、お願いしてもいいですか？」
『あぁ。すぐ着くから校門の前で待ってろ』
「了解(りょうかい)しました！　それじゃあよろしくお願いしますね！」
　私が言葉を返した瞬間、すぐにツーツーと通話終了の音が鳴る。
　好きな人が私のお弁当を学校に届けにきてくれる……。
　夫が忘れたお弁当を、妻が会社まで持ってくるっていう。
　少女漫画(まんが)でよくある光景、萌(も)えだよね!?
　っと……。
　キュンキュンしてヨダレたらしてる場合じゃない。
　急いで校門まで行かなきゃ。
　そりゃあもううれしすぎて、床から数ミリぐらい浮きながら走ってたんじゃないかって思うぐらい。
　青春を感じながら向かった先は校門。
　そして校門の前に止まっているバイクを見て胸が鳴る。
「零さーん!!」
　私が手を振りながら大声で呼ぶと、バイクにもたれかかっていた零さんが姿勢を正す。
「ほら朝日、弁当」
「本当にありがとうございます」
「お前、朝からご飯粒つけたり時間見てなかったり、弁当忘れたり。今までよくひとりで生きてこれたな」
　お弁当を受け取る私に零さんが毒を吐く。
　思わず苦笑いで返してしまった。
　……たしかに今日は朝からおかしい。

零さんが家にいると、ひとりでできていたことができなくなっている。
　もしかして、人がいるって安心感で少し気が抜けてるのかもしれない。
　でもそれって、ある意味いいことじゃないかな。
　変に、自分自身に気を使ってないってことにもなるから。
　両親亡くして、今までがんばりすぎてた私に神様からのご褒美だったりして……なーんて。
「零さん、今からどこか行くんですか？」
「いや？　必要なもん全部そろえてお前の家に置いてきたし、やることねーな」
　カチッとタバコに火をつける零さん。
　零さんが吐いた息と一緒に、吐き出された煙が宙に舞って。
「零さん暇なんだ」とボソッと無意識につぶやいてしまった。
「どうかしたのか？」
「えっ……いやあの！　私も零さんと一緒にいたいなーって……あはは……」
　ちょっと待って。私なに言ってんだろう。
　さすがに今の言葉は素直すぎたというか、直球すぎたというか。
　絶対零さんに好意持ってるってバレたよね？
　取り返しがつかない言葉に顔を真っ赤に染めて、チラッと零さんを見ると、タバコの火はすでに消されていた。

そして。
「学校……今日だけサボれよ」
「えっ!?」
「一緒にいたいんだろ？　どっか連れてってやるよ」
　顔色をひとつも変えない零さんが、私にヘルメットをかぶせてバイクのエンジンをかける。
「あの零さん……!　学校がっ」
「安心しろ。1日サボったくらいじゃ退学にはなんねーよ」
　いや、そういうことが言いたいんじゃないんだけど。
　やっぱり真面目に毎日休みもせずに学校行ってる側としては、こういうことに少し抵抗あるっていうか。
　でも零さんと一緒にいれるならそれもいっかなって。
　ねぇ零さん。私どんどん悪い子になっていってるけど。
　これで本当にいいのかな……？
　零さんの世界を味見したくて。
　自分から踏み込んだ世界は、どんどん味見どころじゃなくなっていく。
　走り出すバイクに、零さんの背中が温かくて。
　ギュッと零さんのお腹に回す自分の腕が、零さんの体温を感じて目をつぶりたくなるくらい胸がキューンってなるんだ。

「ほら、降りろ」
「はい……って、わあ！」
　キラキラ、キラキラと、連れてこられた場所は綺麗な海。

「すっごーい、零さん見てください!! 海ですよー海ー!!」
「ふっ、ガキ」
「がっ……!! ガキってなんですか」
「海ごときで喜ぶとか十分ガキだろ」
「だって両親亡くなってから、なかなか来る機会なかったんですもん」
「……」

　自分で言っておいて、空気を悪くしたのを数秒たってから気づく。

　無言になる零さんに、なにか言おうとバイクから降りると。

　ガシっと乱暴に外されたヘルメットと、乱暴になでられる頭。
「ちょっ！ 零さん髪の毛乱れちゃいますっ……！」
「なら……また連れてきてやるよ」
「……！」
「海だけじゃなく、お前の行きたいとこ全部……俺が連れてってやるよ」
「……零さん」

　強引なくせに、優しい零さんに胸がキュンって鳴る。
　零さんがバイクから降りて、ふたりで少し歩いて、そこらへんに靴を脱ぎっぱなしにして足を海へとつけた。
「零さん零さん!! 足冷たくて気持ちいいですね」
「だな」
「見てください零さん、カニがいますよ。かわいー!!」

「……」
「ちょっ零さん聞いてます!?って、わあ!」
「おい!?」

　ゆらゆら揺れる綺麗な海に。

　はしゃぎすぎて転びそうになった私を、零さんがすぐに反応しては体を抱きしめてくれて、転ばずにすんだ。
「……たくっ、世話が焼ける奴だなお前は」
「すっ……すみません……」

　ドキドキ、ドキドキと。

　抱きしめてくれる零さんに、心臓の音がすごい。

　っていうか……いつ離してくれるんだろう。

　離れたくないけど離れたい。

　ずっと零さんの温もりを感じてたいけど、心臓の音が聞こえちゃいそうで嫌だ。

　そんなワガママな欲望に惑わされながら、零さんの背中に手を回した。
「零さん……私」
「なんだ」
「私……零さんのことが……」

　心臓が体内で一気に音を響かせる。

　好きだって、無意識に言っちゃいそうになった言葉を。

　ハッと意識を戻して、喉の奥へと戻した。
「零さん……離してください」
「お前が抱きしめ返したりするから、てっきり離すなってことだと思ったぞ?」

「違います!　間違えただけです」
「間違えて抱きしめ返す奴初めて見たわ。つかお前が転びそうになったとはいえ、抱きしめて悪かったな」
「いえ、私としてはラッキーだったというか、うれしかったというか……」
「はあ？」
「いえ!!　なんでもないです!!」

　なんでもなくなんかないけど、零さんに告白しそうになった口をチャックがついたかのように、顔を赤く染めながら閉める。

　ばっ……バカだ私。

　もしこのまま言ってたら、たぶん振られて気まずくなってたと思う。

　零さんが私と一緒にいるのは兎恋から守るためだけなんだから。

　自惚れるな。自惚れるな。
「零さん!　喉、渇きませんか」
「べつにそーでもねーけど」
「私の喉渇いちゃったので、近くの自動販売機でなにか買ってきますね」
「なら、俺も一緒に行くぞ」
「零さんはここにいてください!　すぐに戻ってくるんで」
「わかった。なにかあったら叫べよ？」
「はい!」

　靴を履き、シュバッ!!と逃げるようにこの場を離れる。

やばい。やばすぎる。

零さんの顔見ると、言いたいのに言えない気持ちがあふれ出して言っちゃいそうになる。

もちろん言うつもりはないけど。

言ったら言ったで、零さんに拒否られることを想像すると、怖くなって、やっぱり言えるはずなんかないって自分の臆病さを実感させられる。

だから、兎恋の件が終わるまでは、せめて、零さんの隣を私が独占するんだ。

それでいい。それでいいから。

ギューッと胸が締めつけられるような切なさに、手を握りしめて赤い自動販売機の前で足を止める。

えーっと、お金お金。

ガサゴソと、スカートのポケットを右手でまさぐるけど。

……ない。

そういえば、スマホ以外全部学校に置いてきちゃったんだ。

零さんへの気持ちをまぎらわせようと、飲もうとしたジュースが目の前にあるのに買えない。

どこまでもカッコつかない私が、ため息をついて戻ろうとしたとき。

「おっ、そこのお嬢さん、かわいいね」

「なんでこんな時間に海にいるのかな？」

いかにもナンパ！って雰囲気丸出しの、サングラスをかけたふたり組が私に話しかけてきた。

「えっ、あの……?」
「もしかして学校サボっちゃってるのー? 真面目そうに見えて意外とやるねー」
「しかもひとりで海とか、たそがれちゃってた感じかなー?」
 なんかすっごくめんどくさそうな人たちに絡まれちゃった。
 こういうのは無視がいちばんだと思ってたのに。
 無視したら、肩をガシッと掴まれた。
「ちょっ! かわいい顔して無視しないでよ?」
「そーだよ! ひとりでどうせ暇でしょ。なんなら俺らと一緒に今から遊びにいかない?」
「行きませんっ」
「気の強い子だね? そんなところもまたかわいいねー」
「やばい超(ちょう)タイプかも! なんなら俺の女になる? ギャハハ」
 下品な笑い声に、零さんとは違う手の形。
 零さんとは全然違うって思うと、なにもかもが気持ち悪くて、怖くて体が震え始めたとき。
「震えちゃってかわいいね?」と、男が耳元でささやく。
「それじゃあお嬢さん、行こっかー」
「男慣れしてないみたいだけど大丈夫大丈夫! 俺ら優しいから」
 肩を掴んでる男が、無理やり私を歩かせて楽しそうに口笛を吹く。

なんでこんなことになっちゃったんだろう……。
やっぱり零さんについてきてもらえばよかった。
今さら後悔(こうかい)しても遅い。私の目から、ポロッと涙が落ちて。
「泣き顔もかわいいとか、お嬢さん……罪だね」
と男が私の顔に、顔を近づけた瞬間。
「おい」
低い声が後ろから聞こえてきて、3人同時に足を止めて振り向いた。
「ぜ……零さん」
「朝日、なにかあったら『叫べ』って言っただろ」
目に映る零さんの姿に、ホッとし腕で涙を拭いた。
「ああん？ 誰だテメェー」
「このお嬢さんの知り合い？」
ナンパ男ふたり組が零さんを睨むけど、零さんはその睨みすら視界に入れない。
零さんの目に映ってるのは私のほうだ。
「……お前らその女離してさっさと消えろ」
「はあ？ なにカッコつけてんの」
「正義のヒーロー気取りですか？」
煽るナンパ男たちに零さんが目の前に無言で立って。
——バキッ。
重なる鈍い音をふたつ同時に鳴らして、一瞬でふたり同時に勢いよく地面へと倒れ込んだ。
「……っ」

「ぐっ……」
「粋がるのもいいが、粋がる相手間違えてんじゃねーぞ?」
　圧倒的強さの零さんを目の前にしてゾクリと体が震える。
　男ふたり相手に勝つなんて。やっぱり零さんは強い……。
　さすが最強と言われてるだけある。
　でも。
　あの鬼口っていう兎恋の幹部を一撃で気絶させたときとは違って。
　あの人たちは倒れてるだけですんでるってことは、零さん、手加減したんだと思う。
「行くぞ」
「あっ……はい」
　倒れているナンパ男たちに、ざまあみろ、なんて思っちゃう私は、なんだか悪者みたいで。
　零さんの後ろについていって、バイクに乗った。
「零さん」
「……」
「零さん……!」
「なんだ」
「今からどこへ?」
「お前の家に決まってるだろ」
　発進しようとしたバイクが、私の声で止まると同時に、零さんが体をひねって私の肩を片手で触ってきた。

「ちっ」
「人の肩触って、いきなり舌打ちってなんなんですか」
「いや? あの野郎が触ったと思うと、なんかムカついてきてな」
　あの野郎とは……もしかしてナンパ男ですか?
　突然の零さんの言葉にハッとして、すぐに顔が真っ赤になる。
「零さんそれってヤキ……ぶっ!!」
「ヘルメット忘れんな、バカ」
　ヤキモチって言おうとしたのに。
　ヘルメットを乱暴にかぶせられて、言葉をさえぎられた。
　ねぇ零さん……。
　もしヤキモチだとしたら私、自惚れちゃうよ?
　でも、もし勘違いだとしたら、走るバイクのせいで……酔ってた、なんて言い訳しちゃうから。
「着いたぞ」
「相変わらず零さんのバイクはなめらかで速いですね」
　ほんとマッサーの荒い運転とは大違い。
「ただいまー」と、鍵を差し込んでドアを開けて家の中へと入った。
　平日の昼に家にいるなんて、変な感じがする。
　そんなことを考えていると、零さんに腕を引っ張られた。
「零さん!?」
　急に雰囲気が変わる零さんに、ドキドキしながら連れてこられた場所は寝室。

そしてそのまま背中を押されて、ベッドへと倒れ込むと、零さんが私の上へと覆いかぶさった。
「零さん、なにするんですか」
「黙れ」
「んっ！？」
　突然キスされて、目の前が真っ白になる。
「んっ……ちゅ……はあ！　ぜっ……んっ！」
「……やっぱ下手くそだなお前」
「！？」
　あなたが勝手にやってきたんでしょうが！
　って言いたいのに、零さんはそんな隙さえ与えてくれない。
　キスで息がうまくできなくて、零さんの厚い胸板を思いっきり叩いたらやっと離れてくれた。
「ぷはっ……!!　ぜぇ……零さん急になにするんですか」
「わかんねー」
　わっ、わかんねーってなに!?
「わかんねーけど。したくなったって理由じゃ……ダメか？」
「……」
　いや、そりゃあダメでしょ。ダメだけど……。
「……いいと思います」
　この人の言いなりになってしまう私も、本当にダメな人間みたい。
"惚れた弱み"っていうものは、本当に存在していたみた

いで。
　零さんは私にまた長いキスをした。
　そして。
「ちょっ……零さん、さすがにそれは」
「いいって言ったのは朝日だろ？　最後まで責任とれよ」
　なぜか私の制服に手をかける零さん。
　こんな明るい時間に、零さんに抱かれるなんて絶対嫌だ。
　全部が全部、丸見えで。
　私の心までバレちゃいそうで嫌だ!!
「ダメダメ、ダメです」
「ダメじゃねーよ。いいからバンザーイやれよ、バンザーイ」
　なにそれ、かわいい。
　零さんってクールに見せかけてかわいいこと言うから。
　ほんともう嫌だ、好き。
　真っ白なシーツが乱れて、零さんが私の制服を脱がしていくから、恥ずかしくなって両手で顔を隠す。
「おい朝日、顔見せろ」
「……絶対嫌です」
「お前の体は1回見てんだぞ。なにをそんな恥ずかしがる必要があるんだ」
　そりゃあ私は零さんと違って恥じらいがありますからねっ。
　だいたい、好きな人に体見られて恥ずかしくないって言うほうがおかしいよ。
「まあお前がそうしたいなら、そうしとけ」

「……」
「その代わり、顔に手をあててる暇もないくらいにかわいがってやるからな」
　零さんの言葉ひとつで体温が一気に上昇。
　その言葉どおり、零さんに抱かれて。
　いろいろとすごすぎて、顔に手をあてる力さえもなくなって。
　うっすら開けてる目には涙。
　零さんの胸元に咲いてる、ダリアのタトゥーが私の目の前にきて。そのあと、最後の最後でボヤついた視界からは見えなくなっていた。
　そして、その行為が終わって数分がたち。
　私は恥ずかしくて、毛布にくるまっていた。
「……零さんのバカ」
「あ？」
「2回目であんな激しいの誰も期待してませんよ!!」
「かわいいこと言うじゃねーか」
　なぜかご機嫌な零さんが、私の毛布をイタズラっぽく引っ張ってくる。
　もう泣きそうだ。いや……実際泣いちゃってたんだけど。
　今回も前回もある意味流されちゃった感があって、なんだか嫌だ。
　私は零さんのこと好きだからいいんだけど。
　零さんが私のこと好きだって限らないし。
　付き合ってもいないのにこういうことって。

遊んでいるように思えてきて、罪悪感で頭がいっぱいになったとき。
　零さんがクシャッと私の頭をなでてくるから。
「ほんとズルイよ」
「なんか言ったか？」
「なんでもないです」
　ベッドから下りようにも下りられない。
　服が床に落ちているせいで、毛布で寝室から出るわけにもいかず、どうしようと顔を真っ赤に染めたとき。
　そんな恥じらいを見せていると、零さんが気をきかせたのか、私とは反対方向に顔を向ける。
「零さん、先にお風呂入ってきますね」
「あぁ、お前が出たら知らせろ。次は俺が入る」
「わかりました」
「ていうか……そんなめんどくせーことしないで、なんなら一緒に……」
　その続きを言おうとした零さんの頭に枕を投げた。
　そしてお風呂に入り、綺麗にお湯で洗い流して、お風呂から出て、零さんにバトンタッチ。
　零さんがお風呂に入ってる間に夕飯の支度をしようと、冷蔵庫をあさっていると。
　──ピンポーン。
　チャイムが鳴って急いで玄関に向かい、ドアを開けた。
「はーい……って、直人！？」
「よっ」

ドアを開けた瞬間、目の前には直人。
　いったいなにしにきたんだろう？
「直人、どうしたの？」
「お前。急に授業抜け出したりなんかして、ヤンキーかよ」
「いや……ヤンキーじゃないけど」
「ほら、お前が忘れていったカバン、届けにきてやったんだ感謝しろよな」
「忘れてた!!　直人ありがとう」
　私が笑って直人からカバンを受け取ると。
　直人が少しうれしそうに笑った。
「それじゃあ」
「あっ、おい！」
　とくになにも話すことなんかないし、お礼も言ったからドアを閉めようとしたとき。
　直人が無理やり閉めようとしたドアに手を挟んできた。
「ちょっ！　危ないじゃん、バカ」
「バカ!?　ふざけんなお前!!　せっかく家まで届けてやったんだから家に上げて茶ぐらい出せよ」
「それとこれとは別でしょ!!」
　無理やり家の中へと入ろうとする直人に焦る。
　家の中に入られたら終わりだ。
　だってお風呂入ってる零さんがいるんだもん。
　いろいろ勘違いされるっていうか。
　一緒に少しの間住んでるなんて言ったら絶対変に誤解される。

だって直人は……直人は。
　同い年だけど、弟みたいな存在だし。
　私のこと気にかけてるから、もし零さんのことがバレたら絶対怒られるに決まってる。
「とにかく家の中だけは絶対無理だから！　カバンは本当にありがとう！　それじゃあまた月曜日に学校で」
「なんでそんなに家の中入れたがらないんだよ！　やっぱ男でもいんのか……？」
　ギクッ。
　こんなときだけ勘のいい直人になにも言い返せない。
　だけどバレるのだけは絶対嫌だ。
　少しでも長く零さんと一緒にいたいのに。
　直人になんか邪魔されてたまるもんですか!!
「いっ、いるわけないじゃん。直人ってほんと考えすぎなとこあるよねー」
「……」
「逆に、なんで直人は私の家に入りたいの？」
「……」
「あっ！　わかった。私と少しの間でもいいから一緒にいたいんでしょー？　あっはー、直人ってわかりやすー」
　からかったつもりが、そのからかいに直人の顔が徐々に赤く染まってきて変な空気になってしまった。
「えっ、なにその反応」
「はあ!?　バーカバーカ!!　べつになんでもねーよ、お前が急に変なこと言いだすからだろ!!」

ムキになる直人が、子どもみたいに靴先で軽くドアを蹴って八つ当たり。
　いつも直人にからかわれてる立場だから。
　こう立場が逆転してしまうと、慣れていないせいかなにも言い返せなくなってしまう。
　無言のまま立ちつくす私と直人。
　そのとき、家の中から人の足音が聞こえた。
　やっ、やばい。零さんお風呂から出てきたんだ！
　もし零さんが玄関に来て、直人に零さんの姿を見られたらおしまいだ。
「なっ、直人!!　ちょっとそのへん散歩しない!?」
「なんだよ急に……」
「いいから早く」
「はあ!?　おい朝日!!」
　家の扉(とびら)を強く閉めて、直人の腕を引っ張って早歩き。
「おい聞いてんのかよ!?」
「なに」
「なにお前そんな焦ってんだよ」
「焦ってない！　ただ運動がしたくなっただけ」
「……お前頭おかしいんじゃねーの」
　ほんっと憎(にく)まれ口だけは達者なんだから！
　直人を引っ張って歩いてきた場所は公園。
　9月の夕方は、もう日が沈(しず)んでいた。
　ブランコにふたりで座って、まるで子どもの頃に戻ったみたいだ。

「はあー、疲れた」
「……なあ朝日」
「なに？」
「やっぱお前なにか隠してるだろ」
「……」
「だってお前……小さい頃から嘘つくとき、必ず焦る癖(くせ)あるもんな」

　バレてる。

　さすが幼なじみ、長い間一緒にいるぶん、なんでもお見通しってわけですか。

　でも。

「私にだって……伯父さんや直人に言えないことだってあるよ」
「やっぱ隠してることあるんじゃねーか！」
「簡単に言えることじゃないもん。だいたい直人は私のことに首突っ込みすぎだよ!!　もうちょっと距離(きょり)とってもいいんじゃないの」

　大声で思わず叫んでしまって、ハッと我に返る。

　驚いた表情の直人に、私は「ごめん」と小さくつぶやいた。

「俺もなんか悪かったな。お前にそう思われてたなんて。知らなかった」
「いや、違うの直人！　私が悪いの……」

　隠しごとなんか今までする必要なんてなかったのに。

　でも……だけど零さんのこと、直人にさえ知られたくな

いなって。
　それは直人が怒るからとかじゃなくて。
　私と零さんだけのこの関係、兎恋に狙われてることや一緒に暮らしてること。
　全部、零さんとのふたりだけの秘密にしておきたいんだ。
　これは私の単なるワガママだと思う。
　BARのバーテンダーは知ってるとは思うけど、直人みたいに口出ししてこないと思うし。
　もうちょっとふたりでその場に一緒にいるってことを感じていたいの。
「朝日、俺はお前がなにか悩(なや)んでることがあったら一番に言ってほしいと思ってる」
「うん？」
「たぶんそう思ってるのは、俺がお前のこと……」
　暗くても、急に顔を赤く染める直人の顔はハッキリと見えていて。
　直人が次の言葉を続けようとしたとき。
　いつ近づいてきたのかもわからない。
　誰か知らない人が急に直人の後ろに立ち。
　──バチッ。
　と、私の体に電流が走ると共に、そのまま意識を手放した。

通じ合えば……

「……うっ」
　パキッ……という、靴でなにかを踏んだ音が聞こえてきて目が覚めた。
　動くとまだ体が痺れる。
　それに頭も痛い。
　いったいここはどこ？
「おっ、頭ー！　女のほう、気がついたみたいすっよー！」
　ボヤける視界がハッキリしたとき、うつむいてる私の顔をのぞく男、鬼口が声をあげる。
「……きく……ち？」
「よう女！　BAR以来だな」
「……ここはどこなの？」
「ここは兎恋の倉庫だ。ちょっと手荒だが、零を呼び出すために約束どおりお前を拉致ったぜ」
「……」
「つーかお前、拉致って１日たつのにずっと眠ったまんまだしよー。あまりにも起きねーから、スタンガンごときで死んだかと思ってヒヤヒヤしたぜ」
「……」
「それにしてもお前のツレ、うるせー奴だな。ずっとお前の名前連呼してたぜ？」
　鬼口が笑いながら言うから、ハッと隣を見る。
　そこには私と同じく手足をロープで縛られた直人が横になって目を閉じていた。
「なっ直人!?」

「安心しろ、死んじゃいねーよ。あまりにもうるせーから気絶させただけだ」
「なんで直人まで!!」
「んー？　お前と一緒にいたから？」
　そんな理由でほかの人を巻き込んでいいと思ってるの!?
　鬼口の言葉に腹が立って暴れるけど、ロープのせいで身動きがとれない。
　逆に地面に顔がついてしまった。
「っと……くだらねー話はさておき。お前が眠ってる間に、お前のスマホ使わせてもらった」
「なに勝手に……！」
「べつに悪いことはしちゃいねー。ただ、零に連絡とるために拝借しただけだ……な？」
「ほんっと最低!!　早くこのロープほどいてよ!!」
「んー？　零が来るまでもうしばらくお待ちくださいってか？　なー頭!!」
　鬼口がくるっと後ろを向いて、ドアが開くとそこから光が漏れる。
　まぶしさで目をつぶって、ドアが閉まったとき。再び元の薄暗い倉庫へと戻った。
　そして地面をリズムよく踏む足音。
　鬼口の隣に立つ黒髪の男は、なにか危険な空気を漂わせながら私を見おろした。
「鬼口……女にその言葉づかいはちょっと失礼じゃないか」
「いやいや頭。コイツ、零の女だからべつによくないっす

か？」
「零の女でも関係ないだろ。女は平等に扱わないとあとが怖いぜ」
「さすが頭！　モテ男の言う言葉は説得力があるっすねー」
"頭"と言われてるわりには。
　一見親しみやすそうで、あまり迫力が感じられない男。
　でも最初に目にしたとき、この男、危険だって、私の本能がすぐに知らせた。
　……とりあえず零さんが来るまで、おとなしくしておいたほうがいいのかな。
　いや、零さんに頼っちゃこの人たちに思いどおりの展開になりそうで嫌だ。
　今、私は人質という立場。
　なにをやってもうまくいかないかもしれないけど。
「あの！　兎恋の総長さん」
「なんだ」
「お手洗いに行きたいんですけど」
「……ダメだ」
「お願いします！　ここでしちゃってもいいんですか!?」
「……しょうがねーな」
「こんな下品な奴がほんとに零の女なのか？」
　心底嫌そうな顔をしながら、私の手足を縛ってるロープをはずす総長さん。
　でも、そんなひどい言われようも気にしてる暇なんかない。

手足は自由になったけど……直人をどうするか考えなきゃ。
「それじゃあ行くぞ」
　兎恋の総長さんが私の後ろに立ち、軽く背中を押して歩かせる。
「べつに頭自らコイツの相手しなくても、トイレくらい俺が連れていきますよ？」
「いや、零のこと詳しく聞きたいし俺が行く。もし零がその間に来たら知らせてくれ」
「わかりました」
　この男、相当鬼口のこと信頼してるのが見て取れる。
　いったん止まった足をまた進め、ドアのあるほうへ向かうと。
「あさ……朝日！！」
「!?」
　後ろから聞こえてくる直人の声。
「おっクソガキ、起きやがったか」
「テメェーら、朝日をどこ連れていこうとしてんだ！！」
　歯を食いしばりながら、直人が鬼口を睨む。
　普通なら直人が意識を取り戻してホッとするところなのに、最悪なタイミングで直人が目覚めてしまったことに頭を抱えたくなった。
　どうしよう。
　トイレで作戦考えるつもりが、直人が目覚めたら相手は私と直人どっちも警戒し始める。

まだ直人の意識がなかったら、意識のある私だけを警戒して集中が私だけにいったはずなのに。
「おい零の女、お前さんの仲間目覚めちゃったみたいだけど」
「……」
「お前が見てない隙にこの男にひどいことしても、それでもトイレ行きたいと思うか？」
「……行かない」
「ふっ、だろーな」
　　さっきから冷や汗が止まらない。
　　この男、私のトイレに行きたいって嘘。最初っから見抜いてたんだ。
「つーことで、手足出せよ。また縛らねーと次も変なこと考えられるとめんどくせーからな」
「……」
「兎恋から逃げようなんて無理なんだよ。零も零に関わっちまったお前も」
　　零さんと関わったことを深く後悔させるため、総長さんが私の首元をなぞるように触って恐怖を植えつける。
「なんなら零じゃなくて俺の女になるか？　普通の女子高生に手を出したこと一度もねーし。興味あるんだよなー」
　　ククッと喉仏を動かしながら笑う兎恋の総長さんが、私の手足を縛って顎(あご)を掴んでくる。
　　……やっぱり零さんじゃない男に触られると、鳥肌がたってくる。

ごめんなさい零さん。
　せっかく守ってくれてたのに、私が勝手に外に出たせいで兎恋に捕まってしまって……。
「俺の女になるなら、零にこぶしを振るわないでやるよ」
「まあでも、零の力がいちばん欲しいから、零を兎恋に入れることだけはやめねーけどな？」
　零さんのことが好きだからあんまり迷惑かけたくなかったのに、ただ零さんに守られてることがうれしかった……。
　そんな私の甘い気持ちが、こういう状況をつくってしまったんだ。
　だから……だからせめて、零さんの日常だけは私が守る……！！
「……零さんは、絶対兎恋なんかに入らないからっ」
「あん？」
「私に暴力振るいたければ振るえば？　零さんが私を助けにくるとは限らないし、零さんとはただ一緒にいただけの関係だから、私をここに連れてきても意味なかったかもしれないよ？」
「……」
「テメェークソ女!!　頭になんて口聞いてやがる!!」
　倉庫の中に鬼口のキレたドスのきいた声が響く。
　怖すぎて体は震えるけど。私は兎恋の総長さんを睨む目をやめない。
　そんな私に総長さんが口角を上げた。

「ククッ……やべぇー零の女ってーのは、ここまでおもしろい奴だったのか」
「……」
「ちょっと味見したくなってきたなー」
　総長さんが目だけで後ろを見ると、直人の顔を確認して私へと目線を戻す。
「アイツはお前の第2の男か……？」
「ちがっ」
「じゃあ零とアイツ、どっちに先に抱かれたか教えてくれねーか？」
「！？」
「もし零って答えたなら……」
　総長さんが私の服のボタンに手をかける。
　ひとつボタンをはずすと、楽しそうに2つ目もはずした。
　その様子を見て直人が「やめろよクソ野郎!!」となにもできない体で暴れると。
　——ガッ。
　抵抗できない直人のお腹を鬼口が蹴った。
「ぐっ……」
「なっ直人!!」
　ひどく痛々しい音が響いて恐怖心が増す。
　直人が顔をゆがめても、鬼口は蹴ることをやめようとはしない。
　——ガッ
　——ガッ

「ちょっ……やめてよ‼　このままじゃ直人死んじゃう‼」
「うるせぇ‼　俺らの総長に舐めた口きく奴が悪いんだよ‼」
　……なにそれ。
　あんたたちが勝手に拉致って連れてきたくせに、なんでこんなひどいことされなきゃいけないの……？
　それに直人は本当になにも関係ないんだから。
「これ以上直人を傷つけないで……！　直人は本当になにも知らないからっ」
　兎恋の存在だって零さんのことだって知らないのに、こんな状況直人が理解できるわけがない。
　急にこんな場所連れてこられた直人がいちばん怖いはずなのに。
「……ぜぇ……ぐっ……朝日に……はぁ……手出したら……殺す！」
　私のせいでこんなところ連れてこられてひどいことされてるのに、どこまでも私を守ろうとする直人に涙が出てくる。
「……お願いします……本当にもう……やめ……て」
「ククッ、さっきまで強気だったくせに今度は泣き出すとか、お前本当におもしろい奴だな」
「……」
「零の女だと思ってたけど、案外アイツの女だったりしてな」
「……」

「……まあどうでもいいや。おい鬼口! もう待ってるのも飽きたし、零来る前にコイツらやっちまおうぜ? 男は……まあ痛い目見てもらうとして、女のお前には快楽を与えてやるよ」
「やっ」
「安心しろよ。俺はうまいぜ? そのうちお前も俺にハマって零のことなんか忘れるさ」
　ぺろりと耳を舐められて鳥肌が立つ。
　3個目のボタンがはずされたとき、もう助からないと涙が大量に出てきた。
　その涙が総長さんの興奮を煽ったのか。
「いいねぇ」と一気にはずされたボタン。
「いやあぁぁぁああ!!!!」
「おい!! 朝日に手を出すなって言ってんだろ!!」
「うるせーぞガキ。今は嫌がってても……頭に抱かれて最後に嫌がる女なんか見たことねーから安心しろ。どっちかってーと最後はあの女が求めてくると思うぞ」
「ふざけんなっ」
「っと、まだそんな生意気な口をきく余裕があるんだな……? 女の心配してねーで自分の心配しろよな」
　涙で視界がボヤける中で直人が鬼口にまた蹴られそうになる。
　もう嫌だ。
　なんでこんなことになっちゃったんだろう。
　私が零さんに関わったのが悪いの?

私が零さんを好きになったのが悪いの？
　そんなこと考えたって。
　零さんを好きになった以上、自分の気持ちなんか否定できるわけないじゃないっ！
　それに零さんは兎恋になんか興味ないのに、兎恋が零さんをチームに入れたいからって。こんな力ずくなやり方で、信頼できるチームなんかできるはずないのに。
　着ているものが、あとは下着だけになってしまった私。
　どうせ抱かれてしまうなら最後まで抗おう。
　そう思って、兎恋の総長さんを鼻で笑ってやった。
「……なにかおかしいことでもあったのか？　女」
　私の笑いに、ピタリと手を止める総長さん。
「こんなやり方でしか物事を動かせないあなたたちって、ほんっと哀れだなーと思って」
「……なんだと？」
「零さんは力があっても、こんな強引なやり方なんかしない。もし零さんが兎恋に入ったとしても、あなたたちのやり方にあきれてひとりで行動すると思う」
「……なにが言いてーんだお前」
　ピリッと変わる総長さんの雰囲気にのみ込まれてはいけない。
　ドックン。ドックン……!!
　心臓の音がいつもよりうるさいけど、そんなの気にしてなんかいられない。
　ごめんね直人……巻き込んじゃって

でも私は零さんに関わらなきゃよかったなんて。一度も思ったりなんかしない。
　逆に零さんを好きになって、自分が見る目あるって思わせられるくらい。
　こんな大きな力があっても、汚いやり方しかできないような奴ら見てると、ほんっと零さんってカッコいい。
「あんたたちなんか……」
「あ？」
「あんたたちなんか……零さんにやられちゃえばいいのよ!!」
「テメェ!!　誰に向かってモノ言ってんだクソガキ!!」
　ついにキレた総長さんが私のほうへとこぶしを向ける。
　族のいちばん偉い人に喧嘩売るなんて、我ながら頭がおかしいと思う。
　けど、私は間違ったことは言ってない。
　言ってるのはコイツらのほうなんだから、あとで零さんが仕返ししてくれますようになんて。
　考えちゃう私も相当性格悪いと思うけど、少しだけ開いた目から、こぶしが近づいてくるのが見える。
　直人の「朝日」という絶望を感じたような声が耳に入ったとき、痛みに耐えるように歯を食いしばった。
　そのとき。
　——バキッ。
　鈍い音が倉庫中に響いて、その音は自分が感じる痛みではなく。

なんの音なのか不思議に思って目を開けると、兎恋の総長さんが殴られた衝撃で吹っ飛んで、ズサッと地面に叩きつけられた。
「……頭っ!!」
　鬼口が総長さんの元へと駆けつける。
「……あっ」
　弱々しい声が漏れる。
　……下着姿で間抜け面なんか見せたくなんかなかったのに。目の前にいる男に涙が出てくる。
「ぜっ……零さん!!」
「朝日、大丈夫か!?」
　すぐに零さんが私に駆け寄り、着ている上着を脱いで私に着させた。
「零さ……ん!　ごわ……ごわがっだぁ!!」
「遅くなって悪かったな。兎恋の倉庫の居場所が全然つかめなくてな。怖かったよな?　悪かった……俺のせいで」
　ギュッと抱きしめられて、余計涙があふれてくる。
　よかった……本当によかった。
　好きな人に抱きしめられると、心臓を針で刺されたんじゃないかってくらい怖かった気持ちも一瞬にしてなくなる。
　ずっと抱きしめられていたい。
　でも、そんな甘い気持ちに浸ってる暇はない。
　零さんが私を縛ってるロープをはずして、私は急いで直人の元へ駆け寄り、直人の体に巻かれてるロープをはずし

た。
「朝日……！　よかった……無事で」
「直人、ごめんね、私のせいで巻き込んじゃって。いっぱいひどいことされて痛かったよね」
　私の顔を見てホッとする直人の服をめくった。
　お腹にできた痛々しいアザ。
「ちょっ、朝日勝手に服めくんなよバカ‼」
「だって、私のせいでいっぱい蹴られたのが気になったんだもん‼」
「だからってお前な……‼」
　なぜか目の前で照れると同時に怒り始める直人が私の手を払いのけて、めくられた服をちゃんと着始める。
　男のくせに、ちょっと肌を見られたからって。
　変な直人。
「つか、なんであの男が来てんだよ」
　そんな照れた顔のままの直人の視線が零さんへと移る。
　零さんもこちらを見ていて、バチッと目が合った。
「この人たちに狙われてるの、本当は零さんなの……」
「"零"ってあの男のことか⁉　あの男と俺ら関係ないのに、なんで巻き込まれてんだよ‼」
「前に一緒にいるところ見られたでしょ？　それで勘違いしてるっぽい」
　私はそれからも零さんと一緒に行動してるから関係あるけどね。
　直人は本当に無関係だ。無関係だから。

「マジかよ」なんて、あきれ始める直人にどんな顔していいかわからない。
　こんなことに巻き込んじゃったことは本当に悪いと思ってるけど私は零さんを責められない。
　複雑すぎる思いに、ギュッとこぶしを握る。
　すると「……零!!!!」と倉庫に大きく声が響いて、総長さんと鬼口が零さんに向かって殴りかかった。
「きゃっ……!」
　私の漏れた小さな悲鳴も、零さんからすれば心配されるのも大きなお世話だったのかもしれない。
　ふたり同時のこぶしを、零さんは表情ひとつ変えずに受け止めて、そのままふたりの腹を蹴ると、総長さんと鬼口が吹っ飛ぶ。
「ぐっ……」
「がっ……」
「……お前ら、いい加減あきらめてくれねーか？
　俺はガキの喧嘩に付き合ってる暇ねーんだよ」
　ふぅ……とため息をつくほど余裕がある零さんに、総長さんが倒れながらブチギレる。
「ふざけんな零!!　ガキの喧嘩なんかじゃねー!!　俺らは必ず日本一を取るためだけに強く、そして人を集めてきたんだ」
「……」
「お前みたいに、力はあるくせに有効活用しない奴見てると……ほんっとムカついてくるぜ」

「……」
「だからなっ？　零。よく考えてみろ。お前の強さは本物なんだ。お前と俺なら絶対日本一を狙える。なんならお前に総長の座、譲(ゆず)ってやってもいい……。だから兎恋に入ってくれよ？　なっ？」

　ズルズルと……お腹の痛みを手で気にしながら、総長さんが零さんの目の前に立ち真剣な表情で言う。

　そこまでして、日本一の強さがほしいなんてやっぱり私にはよくわからないけど

　倉庫の中で緊張感が走る中、零さんがもう一度ため息をついた。

「人の力使って日本一とか言ってる時点で入りたくねーな俺は」
「……!?」
「しかも女人質に取るなんて、クソみたいなやり方しやがって。テメェーが朝日につけた傷は一生消えねーんだぞ？」
「……」
「……チッ。本当は反省するまで殴ってやりてーけど

　朝日が見てるからな……怖がらせたくねーから今日のとこは勘弁してやるよ」
「なっ!?　なんでやらねーんだよ!!　お前が女の気持ち気にするとか、らしくねーよ」
「惚れた弱みだ」
「はっ？　意味わかんねー……なに寝ぼけたこと言ってんだよ」

いったいなにを話しているのか。

総長さんの声は大きくて聞きとれるけど、零さんの声が全然聞こえてこない。
「おい、朝日と……その隣の男」
「直人だ!! なんだよその隣の男って」
「ここから出るぞ」
「聞けよ俺の話」

直人を無視して、零さんが倒れている総長さんに背を向ける。

私と直人も扉へ向かおうと踏み出したとき、鬼口がうずくまりながら大笑いし始めた。
「ふっ……ふっははは！ バーカ。お前ら、この場にいるのが俺と総長のふたりだけだと思ってねーか!? 残念ながら、俺ら以外は外で待機してもらっている。だからそう簡単には逃げれねーんだよ」

最後のあがきかなんなのか。

鬼口の気がふれたような笑い方に頭が真っ白になる。

もっとほかに敵がいるって……人数が多いと、さすがに零さんひとりが強くても、かなわないんじゃっ……！

ひとりで、いや、直人も一緒に焦り始める中。

そういえば。

外に兎恋の仲間が大勢いるってことは、零さんはどうやって倉庫の中に入ってきたの？

だって外に大勢いるなら絶対見つかるはずなのに。

頭の上にクエスチョンマークを浮かばせていると。

零さんがポケットからタバコを取り出して、ライターで火をつけ始めた。
　そして、タバコに火をつけるその音が合図だったかのように。
　——ギィィィ。
　倉庫のドアが開く。
「零さーん!!　こっちは終わりました!」
　開いたドアから、外から太陽の光が入ってきて目がチカチカする。
「あぁ、悪かったな、こんなめんどくせーこと手伝わせて」
「いえ!　零さんの頼みなら俺らなんでもやります」
　ひとりの男が、倉庫の中へと入ってきた。
　零さんの目の前に立つ。
　目が光に慣れてきて、よーくその男を見てみると。
「うそ!?　マッサーじゃん!!」
「はあ？　って、嬢ちゃ…………朝日じゃん!!」
　1回見たら忘れられないほど、目立つ金髪と筋肉質な体型。
　なんでこんなところにマッサーがいるんだろう。
　とりあえずマッサーに駆け寄る。
　BARの前まで送ってくれたあの日みたいに、お互いの手をグーの形にしてコツンと合わせた。
「マッサー、また会えてうれしいよー!!」
「おうおう俺もだ。相変わらず中学生みたいな見た目しやがって」

「……マッサーってほんと失礼」
　ギロっと睨むと「悪い悪い」とマッサーが笑いながら謝る。
「ところでなんでマッサーがここにいるの？」
「ん？　あぁ、外には俺以外にも零さんに頼まれてきた奴いっぱいいるぞ」
「零さんに!?」
　零さんが人になにかを頼むって信じられない。
　なんで……？
「たまたま零さんが兎恋の倉庫を捜しまわってるのを耳にして。俺のダチで元兎恋の奴がいたから、そいつに倉庫の居場所聞いて零さんに教えたんだ」
「……」
「居場所だけ伝えて終わるはずだったんだけど。零さんが『悪いが手貸してくれないか？』って、あの憧れの零さんに頼まれて……俺は大興奮したぜ！　もちろん俺と俺の仲間たち、そして零さんに憧れてる奴らほとんどが零さんと一緒に兎恋の倉庫へ殴り込みさ」
「殴り込みって……」
　マッサーの言い方は悪いけど、目をキラキラ輝かせてるマッサーは本当に零さんに憧れてるみたいで、なんだか私はうれしくなる。
「それにしても……兎恋に捕まってる奴がまさか朝日だったとはな」
「……私の不注意で捕まっちゃって」

「お前相当心配されてたぞ。零さんがあそこまで焦ってる姿初めて見たぜ」
「えっ」
「お前相当愛され……」
「おい、お前らふたり。話してる暇があるなら足動かせ。行くぞ」

　マッサーの言葉を零さんがさえぎって、「あっ、はい」と零さんの背中についていく。

　ふと、後ろを見る。

　悔しそうにこちらを見つめている兎恋の総長さんと鬼口。

　零さんのこぶしが効いたのか、ふたりは立つことさえできなくなっていた。

　そんな姿を少しだけかわいそうな目で見て、倉庫から出ると。

「うわあ!!」

　思わず声が出ちゃうくらい、外は地獄絵図。

　兎恋の特攻服を着た人たちが、何人も倒れていた。

「おー零さん、片づけときましたよ」
「けっこう手強かったですけど、まあなんとか俺らだけで勝ててよかったっす」
「これで兎恋全滅……かな」

　ひとり、またひとりと零さんの前に立つ。

　べつに零さんがチームを立ち上げたわけでもないのに、零さんひとりでこの集団を一気に動かしていたなんて、す

ごすぎて言葉にならない。
「悪かったなお前ら。俺のワガママで動いてもらって」
「いや、いいっすよ」
「そうっす!! 最近兎恋の奴ら街でやりたい放題だったんで俺らもイライラしてたところだったんで」
「逆に零さん味方につけれてラッキーみたいな」
　ガハハハハと笑う色とりどりの髪色さんたちを見ていると。マッサーの金髪がまともに見えてくる。
　……それにしても、やっぱり零さんはすごいや。
　なにしてもカッコいいし、こんなに多くの人が零さんに憧れを抱くぐらい魅力（みりょく）的だし、ほんと……。
「……好き」
「んっ？　なんか言ったか朝日」
「なっ、なんでもないよ直人」
　危ない。
　恐怖から解放されて気がゆるんでしまったせいで思わず言葉に出してしまった。
　好きって言葉は、いつ言えるかわからないけど
　ちゃんと本人の目を見て伝えないとね。
「それじゃあ、お前ら本当に今日はありがとな。
　いつでもNOISEに来いよ。今日の礼に酒ぐらいおごってやるから」
「マジっすかー。早速今日行くかなー」
「バーカ……今日は俺休みだぞ。来てもおごれねーよ」
「それじゃあ神崎さんに、零さんの給料から引いといてっ

て言っておくっす」
「調子に乗るな」
　その場で起こる笑いの渦に、なんだか零さんも楽しそうでよかった。
　安心したせいか足元に力が一瞬入らなくなって。
　零さんの胸元へとダイブしてしまった。
「朝日大丈夫か？」
「あっはい!!　すみません……」
「いや、今日の件については俺が悪かった。お前も気が張って疲れただろ？　そろそろ帰るか」
「はい」
「勝、悪いがこの男家まで送ってくれないか？」
「なっ……！　なに勝手に言ってんだよ!!」
「了解っす!!　男をバイクのケツに乗せるって、ちょっと嫌っすけど……零さんの頼みなら!!　それじゃあ行こうぜ、そこの……えーっと女顔!!」
「誰が女顔だ!!　直人だ直人!!」
「よし直人行くぞ!!」
「はー!?　俺は朝日とふたりで帰るんだ……！」
「はいはーい。それじゃあ零さんお疲れっす。またなんかあったら言ってくださいねー！　朝日もじゃあな!!」
「あぁ、今日はありがとな。またな」
「マッサー……と直人!!　ばいばーい!!」
「ちょっ……あさひ!?」
　マッサーに強引に引っ張られてバイクに乗せられる直人

に手を振る。
　零さんがひとりずつにお礼を言った。
「それじゃあ行くか」と私をバイクの後ろへと乗せた。
　いつもより、運転の荒い零さん。
　私を思って早く家に着きたいのか、それともなにか焦っているのか。
　たぶんどっちにしろ責任を感じていると思う。
　そりゃあ自分のせいで、こんなことに巻き込んでしまったって思ったら。優しい零さんは自分を責めるしかないと思う。
　私だって直人を巻き込んでしまって罪悪感感じてるのに。零さんはもっと感じてると思う。
　でも、そこまで零さんが責任を感じることなんかないよ。
　だって自分から零さんに関わった私。
　私だって悪いんだから、零さんのそのかいてる汗、止まってほしい。
　ねぇ零さん。
　怖かったけど、まだ心臓ドクドクするくらい恐ろしかったけど。
　結局なにかされる前に、助けにきてくれたでしょ？
　だからもう気にしないで。
　そう思いながら、ヘルメット越しに涙を流した私は、零さんのお腹に回してる腕にギュッと、力を込めた。
　嫌になるくらい風に煽られたバイクが、まだ動揺している私を怖がらせる。

けど。
　もう私のすぐ近くにいるのは零さんであって。
　兎恋の人たちでも偽物（にせもの）でも幻覚でもなんでもないんだ。
　うるさかったバイクの音が、急に静かになって。
　零さんがヘルメットをはずして、こちらへと振り向いた。
「着いたぞ」
「……」
「おい」
「あっはい!!　すぐに降りますね」
「……お前、本当に大丈夫か？」
「大丈夫ですって！」
　無理やり笑顔をつくって、バイクから降りると少しよろけて転びそうになったところを、またまた零さんに助けられた。
　零さんに受けとめてもらうの、これで何回目だろ。
　こう毎回転ぶと、さすがの私もドジみたいで恥ずかしい。
「あっ……はは!!　すみません、ちょっと眠くなっちゃって……」
「嘘つくのもいい加減にしろ。変な強がりとかいらねーよ、あんなことがあったんだ。まだ怖いのは当たり前だろ？ ほんと悪かったな」
　私の中で無敵確定してる零さんが弱々しく謝りながら。
　ぽんぽんと子どもをあやすように私の背中を叩くから、なんだか気が抜けちゃって、涙をこらえてるほうがバカらしくなってきちゃった。

「うぇ……ぐっす!!　ご……ごぉわがっだぁ」
「……なんだ、お前いきなり。急に声出すなよ、ビビるだろ」
「零さんのバカ!?　もっと早く助けにきてよ」
「……そこはマジで悪いと思ってる」
　助けにきてくれたヒーローも。
　弱味を嫌みっぽく言えばなにも言い返せなくなって、なんだかカッコ悪い。
　いや、でも零さんの場合。
　いつもカッコいいからこういうカッコ悪いとこ見ると。
　……かわいい。
　はっ!!　これがギャップ萌えってやつなのかな!?
　これがあの伝説？の萌えなのか!!
　一度味わってしまった萌えはしつこいくらいに私の胸の中をキュンキュンと高鳴らせて。
　なんだか心の底から零さんがかわいく見えてしょうがない。
「えへへ……零さんかわいいですね？」
「……」
「でもそういうところも好きですよー!!」
「……あ？」
「えっ」
「お前今なんて言った」
「なっ、なにがですか!?」
　しっ、しまった!!
　なにも考えずに、バカな私が発した言葉は場に合わない

零さんへの想い。
　まるで軽く告白しちゃってるようにも捉えられるその言葉に。
　顔が青くなる私を、零さんがジッとなにも言わずに見つめてくるから。
　耐えられなくなって、家の中へと逃げようとしたとき。
「さっきの言葉は、どういう意味だ」
　鍵を回して、少しだけ開いたドアを。零さんが後ろからものすごい勢いで壁ドンしてきたせいで、閉じてしまった。
「家のドア壊れちゃうじゃないですかっ」
「お前さっきから話を逸らすな。"好き"ってなんだ。どういう意味で言ってるんだよ」
「どういう意味って……！」
　そんなの、異性として好きって意味しかないじゃないですか!!
　そもそも男の人にそういうこと言っちゃう時点で察してほしいよ。
　すぐ近くにいる零さんのたまに吐き出される息が、頭に触れてドキドキしてしまう。
　家の中へと逃げたいのに、零さんの手がドアを押さえ、そうはさせてくれない。
「朝日」
「……」
「なに不機嫌になってんだよ。ただ質問してるだけだろ？」
「その質問意地悪すぎませんか？　ていうか……零さんこ

そ、どう思ってるんですか」
「あ？」
「私のこと」
　自分で言ってて頭が混乱してきた。
　無意識とはいえ、自分から"好き"って言っておいて。
　その言葉の意味を、零さんに対する想いをごまかすどころか、零さん自身の気持ちを先に言わせようなんて。
　これで零さんが私のこと、なんとも思ってなかったら私恥ずかしいやつじゃん……聞かなければよかった。
「……気になるか？」
「そりゃあ……零さんが私にしつこく聞いてくるのと同じくらい気になりますね」
「ほー……それは相当気になってんだな」
「えっ」
　零さんの言葉に驚いて振り向いた次の瞬間。
　耳元で零さんがささやく言葉に、一瞬すべての記憶が飛んだ。
「好きだ」
「……へっ？」
「すっげー間抜けヅラだな。ほら、俺は言ったぞ。次はお前の番だ、言え」
　私から離れて、カチッとライターでタバコに火をつけ口にくわえると一度吸っては吐き、タバコを私のほうへと指を差すように向けてそう言った。
　告白って、もうちょっとなんかこう恥ずかしがるような

もんなんじゃないの?
「零さんってほんと変な人」
「あ?」
「でも……そういうところが……ツボっていうか。その私も好きですよ‼」
　言っちまった!と、今私の顔はりんごより赤くなってると思う。
　ガチャリとドアを開け、逃げるように家の中に入った。
　そして零さんも。
　私が家の中に入った瞬間抱きしめてくるから、もうなにがなんだかパニック。
　ていうか、ドラマとか漫画とかで見る恋愛シーンはもうちょっとロマンチックなのに。
　なんで私たちは玄関でラブシーン始めちゃってるんだろう。
「どこが好きなんだ」
「はい!?」
「言え。俺は今お前がかわいすぎてキュン死してしまいそうだからな。いや、いっそのこと殺してくれ」
「……なに言ってるんですか?」
　容赦（ようしゃ）ない零さんのキャラ崩壊（ほうかい）に苦笑いで返す。
　さっきまで吸っていたタバコは吸い終わったのか、手には持っていなかった。
「まあ冗談はさておき」
「冗談だったんですか」

「お前が冗談にしてほしそうな顔してるからな。無理に言わせるのも負けた感じがするだろ」
　急にプライド出してきたよ、この人。
　ていうか私たち、両想い、なんだよね？
　零さんのせいで雰囲気ぶち壊しだし、ラブシーンでこんなに甘さがないのもどうかと思うんだけど。
「……べつに、どこに惚れたかなんて告白までしちゃったんだから、言えるに決まってるじゃないですか」
「……」
「あの日からずっとですよ。打ち明けてもいない私の孤独をわかってくれたのは、零さんが初めてで。でも、もう二度と大切な人を失いたくない……それならずっとひとりで生きていこうって。そのつもりだったのに。そんな決意も揺らいじゃうくらいに、あの夜零さんが私の心を満たしてくれたから。出会ったあの瞬間から零さんがずっと私の心を支配してるんです。これが恋じゃないなら、もうなんにも認めたくないです」
「……」
「だからえっと……好きです!!　こんな私でよければ付き合って……ってわあ!!!!」
　急に手で顔を隠したと思ったら。
　零さんがまた私を勢いよく抱きしめるから、ビックリして大きな声が玄関から家中に響きわたる。
「お前って奴はほんと……そこは俺に言わせろよ」
「えへへ……私から言う雰囲気だったんで」

「なんかお前のほうが余裕でムカつく」
　ちゅっと小さなリップ音。
　余裕なんて、そんなのあるわけない。
　だって、好きな人と初めて心が通じ合った瞬間だから、興奮や胸の鼓動を抑えられるわけなんかないよ。
「とりあえず無事に帰ってこれたんだし、ご飯にでもしましょうか！　零さんなに食べたいですか？」
「お前の好きなもの」
「じゃあハンバーグにしようかな」
「なんでもいい。……おい朝日」
「はい？」
「俺も、出会ったその日からお前のこと好きだった。気まぐれで抱いた女をあんなに優しくしたのは初めてだ」
「えっ!?」
「信じられるか？　一夜限りの関係にするつもりが、暇さえあればずっとお前のことばかり考えて。……お互いの孤独を共有したあの瞬間から、揺れたんだよ、この俺の心が」
「それって寂しさをまぎらわしたかっただけじゃ……？」
「バカ言うな。寂しさをまぎらわせるだけなら、お前の体しか求めてねーよ。欲しいと思ったのはお前の"ここ"だ」
　そう言って、零さんは手をグーの形にして、私の胸元を優しく叩いた。まるで私の心をノックするように。
「……零さんのバーカ」
　やっぱりいつも余裕があるのは零さんで、彼のほうが一枚上手みたい。

心がね、ぎゅっと締めつけられて、もっと零さんに夢中になったよ。
　でもそれを教えたら、きっと零さんは調子に乗るに決まってる。だから……教えてなんかあげない。
　そんな私だけの秘めごとを心の中に隠して、恋で染まった赤い顔を軽く叩き、急いで夜ご飯を作った。

大胆なキミ
だいたん

ザァー……ザァー……ザァー……と今日は静かに雨が降っていた。
　もう少しで10月。確実に季節は変わっていくのに零さんと出会って、まだ１ヶ月すらたってない。
　さすがに時間の流れを遅く感じる。
　それもこれも、たぶん１週間の間にいろいろありすぎたせいなのかもしれない。でもそんな時間もどうでもいいくらい。
「朝日悪いな。今日は送ってやれねーが、迎えには行くから終わったら連絡しろ」
「わかりました、お仕事がんばってくださいね」
「あぁ……お前もな」
　"いってきます"のキスなのかなんなのか、ちゅっ、と零さんが軽くオデコにキスしてくるから、ボンッと私の顔は赤くなる。
　そんな私を見て零さんは「いい加減慣れろよ」なんて無表情で言うけど、こんなの慣れないよ。
　いや、慣れるわけがない。
　だって相手が好きな人で、しかも零さんだよ!?
　あっちはキスのひとつやふたつ……慣れてるかもしれないけど。私は……私は……。
「零さんのバァカ!!」
　余裕な零さんにムカついて。
　彼が家から出ると、玄関を思いっきり閉めてやった。
　零さんのバカ。女ったらし!!

朝から嫉妬で不機嫌になって、ドスドスと床を荒々しく歩く。
　そんなこんなで零さんと付き合って感情が忙しくなり、それから早くも1週間が過ぎ去り、今は10月。
　学校では、相変わらず直人があのときの話ばっかりしてくる。
「まさか暴走族に拉致られる日が人生の中で来るとか俺の人生もけっこうハードだと思わないか？」
「……」
「おまけにめっちゃ強い奴らが助けにくるわ、しかもそいつらが俺の知らない奴らとか、余計に意味がわかんねーよな」
「……」
「なあ？　黙ってないでなんとか言ったらどうなんだよ朝日」
「あっ、うんそうだね」
　言い返せない。言い返せるわけがない。
　いい加減この話は私的には終わったことにしてほしいのに、あれから何日もたってるのに、やっぱり直人はいろいろ納得してないみたい。
「ぜーったいあの零とかいう男、朝日に気があるよな」
「……」
「俺が朝日の隣にいただけでジロジロ見てたし」
「……」
「つーか朝日もあんな男につきまとわれて怖くないの？

見るからに喧嘩慣れしてそーだったし」
「そっ……そんなことないよ!! 零さんいい人だしっ」
「ふーん」
　どっちかって言うと、私のほうがつきまとってたほうなんだからっ。
「あっ、そういえばゲーセンに新しいゲーム入ったらしいんだけど今日の放課後行こうぜ」
「……ごめんね、今日はちょっと」
「はあー、またかよ!! 最近朝日付き合い悪いよな!? 前まで放課後ほとんど付き合ってくれてたのによー」
　ブーブーとまるで子どもみたいに文句を言う直人に苦笑い。
　しょうがないよ。
　だってたしかに友達付き合いも大切だけど、今日は零さんが放課後迎えにきてくれる約束してるし。
「ごっ、ごめんね」
「つまんねーな。まあいいやべつに、ほかの奴誘おーっと」
　直人が心底つまなそーに、キョロキョロと辺りを見渡し、一緒にゲームセンターに行ってくれる相手を探してる。
　最近いろいろ断ってばっかりだから、さすがに悪いとは思った。
　でも直人はクラスの中心にいるタイプだから、すぐにその相手は見つかったけど。
「直人、お前俺らより加島誘わなくていいのかよ？」
　なんて。

突然男子たちが私と直人を交互に見ながら、ニヤニヤと冷やかしてくる。
「うるせーな。言われなくても誘ったけど、無理だって。朝日最近マジで付き合い悪いの」
「ほーん、もしかして直人君そろそろ振られちゃうんじゃないですかー？」
「あんなにいつも一緒でラブラブだったのにな」
「バッ……！　付き合ってねーよ」
　冷やかしとともに現れる笑いの渦に、直人が照れながらも楽しそうに男子たちの背中を軽く叩く。
　こういうやり取り……ていうか、ノリがあんまり好きじゃない私は、聞こえないフリをするように次の時間の授業の準備をした。
　はぁ……やだなー。
　なんだか零さんに会いたくなってきた。
　学校が終われば、いつでも会える零さんなのに。
　学校にいる短い時間の中でもすぐに会いたくなるから、私って本当に零さんにゾッコンなんだなーって、最近毎日思う。
「おーい加島、たまには直人のことかまってやらないと？」
「そーだそーだ！　お前ら学校公認のラブラブカップルだったじゃねーか」
　聞こえないフリする私に、聞こえるように席の前に立たれ相変わらずイジってくる男子を見てると、正直子どもに見えてきてつらい。

べつに自分が大人に成長したとか、これっぽっちも思ってないけど。
　こうも毎日零さんの大人の色気を見てると、なんだか。
「たまには前みたいに直人のこと、かまってやれよー」
「そうだぞー！　最近俺らに『朝日がかまってくれねー』って泣いてすがってくるんだから」
「はあ!?　言ってねーよ。そんなこと」
　私たちの関係を見て、冷やかして遊んでたくせに、今度は直人のフォローに入るとか男の友情ってよくわかんないや。
　わからないから、なんだか言われる言葉にムカついてくる。
「かまうもなにも、私と直人はただの幼なじみだし」
「ほっ？」
「えっ？」
「だからそんなふうに言われても、なんて返していいかわかんないもん私……」
　ただの幼なじみ。それだけでこんなにもからかわれてしまうことに嫌気がさし、口からこぼれた本音が男子たちを黙らせた。
　ほかのクラスメイトたちが、ガヤガヤとうるさい中、わかりやすいくらい、ここだけ空気がシーンと静かになる。
　……さすがに言いすぎたかな？とは思ったけど。
「ハハハハー、冗談だよ冗談」
「悪いな加島!!　俺らも言いすぎたわ」

大胆なキミ >> 149

　ご機嫌取りのように、この空気をどうにかしようと男子たちが作り笑いでそう言いながら、直人の肩を軽く叩いた。
　逃げるように自分の席へと戻っていってしまった。
　……そのせいで、直人とふたり気まずい雰囲気に。
「……なんか悪いな朝日」
「……ううん、私こそイライラしちゃってごめんね。でも私と付き合ってるなんて、誤解されたままだと直人に彼女できなくなったらなんだか悪いし」
「……」
「ほら直人モテるし!!　ねっ？」
「べつに」
「へっ？」
「……べつに誤解されたままでも、俺はべつに……いいけど」
「えっ……？」と直人の言葉に耳を疑いながら合わせる目と目は、なぜか逸らせない。
　そんな気持ち悪いふたりの世界に、授業が始まるチャイムが鳴って、その世界を壊すかのように先生が教室へと入ってきて。お互いに目を離し、授業が始まった。
　びっくりした。
　まさか直人の口からあんな言葉が出てくるなんて思わなかったから。
　なんか胸の奥のへんがザワザワして気持ち悪い。
　気にしないようにと、黒板の文字を見た。
　その文字と直人の言葉で、余計に頭がごちゃごちゃに

なってくる。
　言葉ひとつでここまで焦る自分がカッコ悪いと。
　机に顔を伏せて寝ているフリをしてる私を、直人が切なげに見ていたなんて。
　授業が終わっても、放課後になっても全然気づかなかった。

「それじゃあみんなー、気をつけて帰れよー。さようならー」
「先生バイバーイ」
「なあなあ今から駅前のハンバーガー屋行かねー？」
「いいなそれ。行く行く」
　教室の中の、人の集団が一気に散らばって待ちに待った放課後。
「零さんにやっと会える！」
　誰が聞いてるかもわからないのに、独り言を小さな声で言う私は気持ち悪い。
　スマホを指先で操作し、着信履歴のいちばん最初にある。
『零さん』の文字をタップした。
　——プルルル……。
『……朝日終わったか？』
　自分で電話しておいて、構えていなかったせいか零さんの声が耳に近すぎて、手が震えると同時に胸がキュンと高鳴った。
「は……はい終わりました」
『そうか、今から迎えにいくから、学校から少し歩いたと

ころのコンビニで待ってろ。さすがにこの時間に校門じゃ、目立って嫌だろ？』
「零さんはどこにいても目立つと思いますが」
『あ？』
「いえ！　あの、それじゃあコンビニまで歩いてるんで、着いたら電話か声かけてくださいね」
『あぁ』とひと言だけ言って、躊躇なくすぐ通話を切る零さん。なんだか名残惜しい。
　零さんの声もうちょっとだけ聞いていたかったのに。
　零さんはそうでもないのかな……？
　切なさ混じりにため息をついて歩みを進めて、コンビニへと向かった。
　そして急いできたコンビニに、目立つ男がひとり。
　私はその男に駆け寄った。
「ぜっ、零さん来るの早くないですか!?」
「たまたま近くにいたからな。お前こそ走ってきたわりには遅かったじゃねーか」
「むっ、なんですかその言い方！　自分だって、電話のとき冷たかったくせに」
「冷たかった？　どこがだ」
「すぐ電話切ったじゃないですか！　私はもっと声聞いていたかったのに……零さんはそうでもなさそうに電話切るから、少しだけ落ち込んだんですよ」
　ぷいっと拗ねて、零さんから目を逸らす。
　バイクにもたれながら吸っていたタバコが零さんの手か

らポロっと落ちていく。
「……お前この場で抱くぞバカ」
「えぇ!?」
「朝日、無自覚すぎて俺はお前が心配だ。まさか学校でもほかの男にそんな態度……」

　ゴゴゴ！となぜか効果音付きで、零さんの周りだけ地面が揺れる。

　目が怖いくらい光って私を見るから。
「零さん以外ありえませんからっ」

　そう突っ込んだらすぐにおさまる謎の地響き。
「ほら、かぶれよ」

　渡されたヘルメットをかぶって、何回も乗ってる零さんのバイクの後ろへと乗る。
「おい朝日」
「はい？」
「俺は電話越しより、1秒でも早くお前に会いたいから電話をすぐに切っただけだ。冷たくしたとか……勘違いしてんじゃねーよ」
「!?」

　ぜっ……零さん──!?

　突然の零さんの萌え殺しに。今すぐその背中に抱きつこうとしたとき、バイクが揺れるからあわててバランスをとった。
「ふふふっ」

　零さんも私に早く会いたかったなんて。お互いがお互い

を好きって、なんだか幸せすぎて顔がニヤケてしょうがない。
　片想いのほうが楽しいなんて絶対嘘。
　私にとっては生まれて初めての恋だけど。片想いのときより、両想いのほうが素直に気持ち言えてスッキリするんだもん。
「朝日、まだ明るいしどっか行くか」
　信号は赤。止まるバイクに、前から零さんの声。
　私はその言葉にすぐ反応した。
「いいんですか!?」
「いいも悪いもねーよ。行きたいとこ言え」
「えーっと……じゃあ」
　チラリと見上げた空に向かって、指定した場所は。
「……ほんとにこんなところでいいのか？」

　数分たって、無事に着いた目的地でバイクから降りる。
「いいんです！　なんか少女漫画とか見てると１回だけ撮りたかったんですよ？　恋人とのプリクラ！」
　ヤンキーとかリア充とかオタクとか、関係なしに集まる人のたまり場ゲームセンター。
　恋人になって、なかなかできなかったデートがゲームセンターなんて……ちょっとムードがないかなとは思ったんだけど、私は零さんと一度でいいからプリクラが撮りたいと思ってたんだ!!
「ゲーセンとかいつぶりだ？　学生の頃行って以来だな」

「零さんが学生って想像できませんね?」
「ほとんど行ってなかったしなー。それに途中でやめた」
　……いかにも集団行動苦手そうだもんね、この人。
　そういえば、私と零さんって付き合ってるのに私、零さんの年齢や名字、全然知らないや。
　仕事は昼間のBARで働いてるって言ってたし。たまに夜とか神崎さんに呼び出されて仕事行ったりしてるけど。
　お酒扱ってるし雰囲気大人だし、けっこう年齢が離れてたりしたら、零さん未成年に手出しちゃってるけどバレたら犯罪なんじゃ……。
　いろいろと考えたら、真っ青になる顔。
　零さんが警察に捕まるなんて嫌だ！と涙が出てきて、「おい、どうした？」と零さんを心配させてしまった。
「……あの、零さんって何歳なんですか？」
「あー、言ってなかったか？」
「聞いてないです」
「朝日の目には何歳に見えんだ？」
「えっ」
　……べつに零さんなら何歳でも……好きだから、たとえこれが犯罪でも私は零さんと一緒にいたい!!
「30！」
「……アホかお前」
　ペチッ!!と軽く顔を叩かれ、零さんは本気で怒っていた。
「冗談じゃないですかー。さすがに30歳で私より肌綺麗とか……私のほうが傷つきますって」

「……」
「でも零さんって、顔がどうこうより。雰囲気が落ち着いてるから、断然私より大人ってわかりますよね？」
「朝日が子どもすぎるんじゃないか？　いまだにクマの絵柄(がら)のパンツはいてるの見たときは、俺が今まで生きてきた中でいちばん笑ったな」
「なっ……なんでクマのパンツはいてるって知ってるんですか！」
「そりゃあお前、一緒に寝てるとき、寝相が悪くて見えてるときあるからな」

　恥ずかしすぎて今なら死ねそうだ。と顔を赤くし、帰ったらキャラクターパンツ全部捨てようと決心した。
「そっ、そんなことより！　零さんの年齢」
「あぁ、そんな話してたな。19だ」
「えっ？」
「あっ？」
　……聞き間違いかな？　今19って……。
「ぜっ……零さん、19歳なんですか」
「あぁ、それがどうかしたのか？」
　どうしたもこうしたもない。
　サラッと言ってる零さんがバカに見える。
　いや、たぶんこの人本物のバカなんだろう。
　私は急いで零さんのポケットに入ってるタバコの箱を取り出し、ゲームセンターに入って、それを捨てた。
「もったいねーな」

後ろからノロノロとゲームセンターに入ってきた零さんがそうつぶやく。
「零さん未成年のくせにバカなんじゃないですか!?」
「べつに今さらだろ」
「ダメですよー！　それにタバコって寿命(じゅみょう)縮んじゃうんですよ!?　零さんの寿命が縮んじゃったら私……」
　この先のことを考えると、零さんと一緒にいる未来しか想像できない私。
　零さん以上に好きになれる人なんかいない。
　この場で断言できちゃうほど、私は零さんのことが好きだ。
　だからもし零さんにほかに好きな人ができたり……とか。
　先に死んじゃったらって思うと、怖くて涙が出てきちゃうよ。
「零さんのバカぁ!!」
「……お前ゲームセンターに来てまで泣くなよ。周りから見たら俺がお前をいじめてるみたいじゃねーか」
　無表情でそう言ってるけど、なんだかんだで零さんが私の涙に弱いことを私は知っている。
「じゃあタバコやめる？」
「……」
「零さん!!」
「……ちっ。べつにやめてもいいが、1日5回キスな」
「えっ」

「そのうちの1回は朝日、お前からしろよ。そしたらやめてやる」

　なっ……。

「なんですか、それ。そういうのって、決められてやるもんじゃないでしょ、義務じゃないんですから」

「タバコをやめたら口元寂しくなるだろ？　それにやめてほしいのはお前だ。ならお前自らを体を張ってやめさせろ」

　零さんの頭から、ニョキっと悪魔の角が生えてきて、ゲームセンターのゲーム機の音で耳が痛い。

「どうする朝日？」

　ニヤッと口角を上げる悪魔。やっぱり零さんってドSだ!!

「やっ……やりますよ！　それで零さんと長く一緒にいられるなら、キスのひとつやふたつくらい……」

「ほう……じゃあ早速」

「えっ」

　グイッと勢いよく腕を引っ張られ、連れてこられた場所はプリクラ機。

　そしてお金を入れ、零さんが機械を適当に操作して。

「おいキスしろ」

「はい───!?」

　いやいや、あの流れでなぜそうなった。

　キスプリとか上級者向けすぎて初級の私には話にならないよ。

「零さん……頭大丈夫ですか？」

「プリクラってやつは撮った写真が機械に残ってて、店員

が見れるらしいぞ？……まあほんとかどうかはわからねーが。そう思ったら興奮するだろ」

いや、しないから!!

いつにも増して零さんの変態度が上がってるような気がする。

べつにそれだけじゃあ嫌いにならないけど、こんなところで変態度全開にされても困るよ私!!

オロオロと困る私の気持ちなんか関係なしに。

プリクラ機は『それじゃあいっくよー！　3、2……』なんてカウントを始めちゃってるから余計に焦った。

そして。

『1……パシャッ!!』とカウントダウン終了と共にシャッター音と光がふたりを包んでは。

「……おい」

「……ひゃい」

「誰が首元にしろって言ったんだよ」

「だっ……だって身長足りなかったし。それにやっぱり恥ずかしかったし」

ゴニョゴニョという言い訳の連続に零さんがため息をつく。

もしかして怒っちゃったかな？

「……ごっ、ごめんなさい」

「べつにほんとにやると思ってなかったからな。お前意外と大胆(だいたん)な奴だな」

「はあ!?」

パシャッ。
「おい、今お前の間抜けヅラがいい感じに写ったぞ」
「ギャー!!　撮られてること忘れてたー!!!!」
　誰がこんな写真の写り方を望んだんだろう。
　まともな写真が1枚もないくらい、プリクラ機から出てきた写真は美女と野獣ではなく。美男と野獣だった。
「うぅ……零さんだけカッコよく写ってズルいー!!　ただでさえ顔整ってるくせに、私だけ変に写ってこれじゃあ携帯の待ち受けにすらできないじゃないですか」
「うわーん、バカァァアア!!」と、泣いてる私の横で零さんは上機嫌。
　プリクラ撮りたいって言った本人よりうれしそうってなんなのと思ったけど。
　普段顔に出さない人が、こう感情を表に出してるのを見ると、うれしくてなんでも許せちゃう。
「ほかにしたいことはないのか？」
「うーん、とくになんにもないですねー!
　私は零さんとなら、なんだって楽しいと思いますが」
「そうか、ならこのまま帰って抱くぞ」
「なぜそうなるんですか!!」
　ペシッと零さんの背中を軽く叩いて、なんだかんだで撮れてうれしかったプリクラをカバンの中にしまい。
　そしてゲームセンターから出ると、うるささに慣れていた耳が急に静かになる空間に違和感を感じていた。
「零さん今日はありがとうございました」

「次どっか行きたいところあったら言え。お前は俺が質問しないと答えない奴だからな」
「だっ……て迷惑かけたくないから」
「お前に関しちゃ、迷惑だろうがなんだろうが頼られるほうがうれしいに決まってるだろ。それより人間、言われないと気づかねーんだから、言ってくれたほうが何倍もマシだ」

　本当に……零さんってばいい男すぎて私にはもったいないんじゃないかって、天使でさえも悪魔と一緒に耳元でささやいてくる。

　ゲームセンター前で、こんなうれしいこと言われて。

　もしここが外じゃなかったら抱きついてたと思う。
「零さんってやっぱりバカ」
「あ？」
「こんなところでそんなこと言わないでくださいよ！　私……ほんとに」

　余裕のない私の表情を見て、零さんが目を見開き、ごくりと喉を鳴らした。

　どうかしてると自分でも自覚しちゃうくらいに、ゲームセンターの駐車場で零さんにキスをした。

　それは短くも、私にとって甘く長いキス。

　人に見られることや目立つことが苦手なくせに、零さんにかけられた魔法は、解けるはずもなく私を大胆にさせた。
「……やっぱお前、恐ろしいくらい大胆だな」
「零さんのせいですよ！　あっ、それと帰りにスーパー寄っ

てくださいね。今日の夜ご飯はハンバーグです」
「ほんとハンバーグ好きだな」
「そりゃあもう大好物ですから」
　他愛もない会話をしながら、乗ったバイクが夕日のせいでオレンジへと溶け込む。
　ねぇ零さん、ずっとずっと一緒にいようね？
　心の中でそう思いながら零さんに話しかけていたのは、零さんには内緒……。

ゼロ距離

「それじゃあ終わったら電話しろ」
「はい、わかりました」
　学校から少しだけ離れたところでバイクから降り、零さんがひと言だけ言って去っていくのが日常になってきた。
　昨日撮ったプリクラをカバンの中から取り出し、朝から気持ち悪いくらいにニヤけてしまう。
　零さんのおかげで毎日が楽しいし毎日が幸せだ。
　恐るべし恋のパワーなんて、ガッツポーズしながら浮かれていた私の心を突然動揺させるようなことが起こったのは、教室に入ってからだった。
　ガラッといつもどおりに入る教室。
　ここまでは本当にいつもどおり……だったんだけど。
　なぜか教室にいる人たちが、私が教室に入った瞬間無言になり、いっせいに目がこちらへと集中した。
「えっと……なに？」
　首をかしげる私。数秒沈黙が走った。
　それを破るように、ひとりの男子が口を開いた。
「か……加島!!　俺昨日ゲーセンでお前が信じられねーくらいのイケメンとキスしてるとこ見たんだけど、あれマジ？」
「えっ!?」
「しかも加島からキスしてたよな!?　俺てっきり直人と付き合ってると思ってたからビックリして……そのみんなに言っちまったんだけど」
　男子がチラリと横を見ると、なぜかムスッと不機嫌な直

人が男子に囲まれながらイスに座っていた。
　みっ……見られてた!?
　思わず教室のドアの前でしゃがんじゃうくらい恥ずかしい!!
　やっぱり外でキスなんてするもんじゃないと、昨日の甘い気持ちはどこへやら。
　今は後悔しかない。
「えっと……その……」
「……」
「たしかにお付き合いさせてもらってます……アハハ」
「……」
　なにか言いたげに、直人と私を交互に見るクラスメイトたち。
　芸能人でもないのに。
　なぜクラスメイトたちの前で、記者会見のように『彼氏います』宣言なんかしなきゃなんないんだ。
　モジモジと照れた顔をしながら自分の指同士を絡めていると。バタ———ンと勢いよくイスごと直人が倒れた。
「大変だー!!　直人がショックで倒れたぞ」
「誰か救急車呼べ救急車!!」
「バカッ!!　こんなときは保健室に連れていくんだよ」
　冷静な女子とは対照的に、男子たちはプチパニックに。
　いったいなんなの……？
　直人を背負って保健室へと走る男子たちを横目に。
　いったん落ち着こうと自分の席へと座ると、今度は女子

たちが私を囲んだ。
「ちょっと加島さん!! イケメンと付き合ってるってマジ!?」
「直人、取られないうちに早く告白しとけばよかったのに」
　突然の恋バナとなぜか出てくる直人の話題に、普段使ってない頭から煙が出てきちゃうほど混乱中。
　……なんで直人？
「なんでみんなさっきから直人の話題ばっかり出してくるの？」
　きょとんとした顔で真剣に言うと、女子全員が私と同じく、きょとんとした顔で数秒後にため息をついた。
「加島さんって信じられないくらい鈍感なのね」
「あんなにわかりやすい男、なかなかいないのにね」
　ひとりだけ状況を掴めていない私を囲んで、みんなが話を進めていく。なんか取り残された気分だ。
「いい？　加島さん！　ハッキリ言ってあなたは大久君にひどいことしたのよ!?　もうちょっと罪の意識を持ったほうがいいわ」
「は……はい？」
　突然私の目の前に顔を出してきた、美人で有名な佐渡さんが説教をし始めた。
　すると、その佐渡さんが次の瞬間爆弾発言をする。
「大久君、ずっと加島さんのこと好きだったのにほかの男に取られちゃって、長年の努力も意味がないわね」
　大久って直人の名字だよね？

えっ好きって……直人が……。私を!?
　信じられない思いであれこれ考えていると、やっと今までのみんなの態度と言葉がパズルのピースをうめていくようにつながった。
「直人が私を好き!?」
「あら？　私もしかして余計なこと言っちゃったかしら」
　見た目も態度もお嬢様の佐渡さんが、口に手をあて楽しそうに高笑い。
　まさか他人から直人の気持ちを教えてもらうなんて。これからどうやって直人と接すればいいの!?と、ひとり顔を赤らめドキドキ。もう心臓が爆発しそうと思っていると、ガラッとドアが開いた。そこに、直人の姿。
「直人、大丈夫なの体調？」
　自然に振る舞いながら、直人のほうへと駆け寄ると、それを見て楽しむギャラリーたち。
　でもそんなギャラリーもいないも同然のように、今までに見たこともない真っ青な顔を私に向けてため息をついた直人。
「……今、朝日としゃべりたくない」
「えっ……」
　とどめを刺すかのように、もう1発ため息をつく。
　直人は今日1日、私としゃべるどころか目すら合わせてくれなかった。
　そんな1日の話を家に帰って零さんに話すと、「お前、残酷な女だな」と真剣な顔で言われたから、私の心にズシッ

と重いなにかが乗っかってきた。
「だって長年一緒にいる幼なじみを恋愛対象として見れますか!?」
「あっちは長年一緒にいるお前だから好きになったんじゃねーか？　さすがに俺でもあのガキがお前のこと好きってひと目見てわかったぞ。そんくらいわかりやすいな」
「なんで零さんまで直人の味方するんですか！」
　少しくらいヤキモチ焼いてくれたっていいのに、なんか大人の対応でムカつく。
「零さんがそんなんだと、もし私が直人に心移りしても知らないんだから！」
　ヤケクソで言った言葉ついでに、テーブルからリモコンを取りテレビをつけようとしたとき、ドサッとなぜか突然零さんが私をソファに押し倒した。
　そのせいで手からリモコンがすべり落ちる。
「……さすがに言っていいことと悪いことがあるだろ朝日？」
「ちょっ……！　零さん!!」
「お前がほかの男のところへ行く？　そんときはこの家から一歩も出られないように監禁してやるよ」
　今まで見たことも聞いたこともない零さんの顔と低い声。
　その瞳には私しか映ってないことがわかって、なんだか……。
「すっごくうれしい!!」

「……はあ？」
　押し倒してきた零さんに、コアラのように抱きついてギューっと子どもみたいにしがみつく。
「零さんがヤキモチ焼いてくれないから、ちょっと拗ねただけです!!　まあでも零さんが私を監禁しちゃうくらい好きだったなんてうれしい!!」
「お前ってほんとバカな女」
　目をキラキラ輝かせ喜ぶ私とは対照的に、零さんは少しあきれていた。
　零さんの手が私の頭を優しくなでる。
「お前ほんとほかの男のとこ行ってみろ……許さねーからな」
「零さんこそモテるからって、いい女に誘惑されてもついていっちゃダメですよ？」
「お前以上にいい女がいるかよ」
　こんないい男にそんな言葉を言われちゃ。
　もうどこにも行けないね……行くつもりもさらさらないけど。
「零さん好き」
「昨日から妙に甘えてくるな」
「零さんが言ってくれないとわからないって昨日言ったので、言葉だけじゃなく同時に態度で示すことにしました！」
　さすがにくっつきすぎかな？ってぐらい、さっきから零さんに抱きついてばっかの私。
　でもこれはこれで癖になってやめられない。

たぶん、もう本当にあと戻りできなくなってしまった私は、零さんに深く溺れてしまっている。
「どうでもいいが、そろそろ歯みがいて寝るぞ」
「えー、めんどくさい。零さん、私の歯ブラシ洗面所から取ってきてー」
「調子に乗るな」
「いたっ」
　ペシッと頭に軽くくらわされたチョップがヒリヒリする。
　ちっ、甘えても結局零さん自体が甘やかしてくれないじゃんか。
　めんどくさそうに、洗面所まで歩いて綺麗に歯をみがき終えると。すぐにベッドへと寝転がった。
「最近お前寝相悪いし、腹出して眠ってるし、ちゃんと布団かぶれよ」
「暑いから仕方ないじゃないですかー！　この季節、エアコンつけたら寒いし、布団かぶってたら暑いし」
「風邪引いたら意味がないだろ？」
「じゃあ零さん抱きしめながら寝るからいいもん」
「なんだ誘ってんの……」
「やっぱいいです」
　幸せいっぱいの中で眠ると、見る夢も幸せで。
　ふわふわと宙に浮くような感覚と、満たされた心。
　私を裏切るように朝になると。
「はーっくしょん!!」

ズビッと鼻水がたれ、風邪を引いてしまったみたいだ。
「だから言っただろ？　風邪引くって。何度も人が夜中毛布かけてやってんのに、そのたびに剥ぎやがって」
「零さん朝からうるさいですよ」
「なんだその態度は。仕事休んで今日1日お前の看病をしようと思ったのに……やめた」
「嘘、嘘ですよ零さん!!　やだやだ!!　病人ひとりにしないでよ寂しいよー!!」
　ベッドの上で暴れても無視する零さんにうわああぁん!!となぜか本気で大泣きする私。
　もう自分でも意味がわかんない私に。
　零さんは「冗談だ」とティッシュで私の鼻水を拭いてくれた。
「ぐずぅ……ひっく」
「朝日、お前赤ちゃん返りか？」
「親がいなくなってから……風邪引いても、グスッ、誰も家にズビッ……いてくれなかったんだもん……ぐすっ」
「……そうか」
「そりゃあこうなっても仕方ねーな」と小さくつぶやいてる零さんの声なんか聞こえはしなかった。
「学校には俺から電話しとくから、もう少し寝とけ。あと、今から買い物行ってくるけど、なにか欲しい物はあるか？」
「アイス、チョコ味」
「……ちゃんと寝てろよ」
　零さんは私の体に布団をかけると、寝室から出ていこう

とする。
　いつも仕事があるときは、私より先に家から出ていくなんて見慣れてる光景なのに。
　それがなんだか寂しくて。
「朝日……これじゃあ買い物行けないだろ？」
「やだ行かないで！　行くなら私も行くもん」
　邪魔するように、零さんの足にしがみつく。
「あのなー、病人を外へ出すわけにはいかねーだろ？　わかったなら、とっとと離れろ」
「やだやだ！　なんで零まで私のこと置いていっちゃうの!?」
「!?」
「お父さんもお母さんも買い物に行くって言ったっきり帰ってこなかったんだよ!?　ぐすっ……!!
　なんで……それなのになんで零までぇ……！　うわぁぁああぁん!!!!」
「違う朝日、ごめん悪かった。どこにも行かねーよ」
「……ぐすっ……うっ……ほんと？……ひぐぅ」
「俺は嘘なんかつかねーよ」
　抱きしめられ、ポンポンとリズムよく軽く叩かれる背中が気持ちいい。
　もう零だけでいい。
　零しかいらないから、お願い神様……もう私からなにも奪わないで。
　ウトウトと、零のおかげで気持ちいい世界は、私を眠り

へと誘った。
「……寝たか?」
「……」
「それにしても、ちゃんと意識がハッキリしてるときに"零"って呼び捨てで呼べよ」
　話の途中で深く長い眠りについてしまった私に、零さんが冷えた手をおでこにあてる。
　数時間後、体温の熱さで目が覚めた。
「零?」
「……起きたか。おかゆ食べるか?」
「うん、今何時?」
「昼の1時だ。おかゆ持ってくるからおとなしく待ってろよ」
「やだ零から離れたくない、私も行く」
「どうせすぐ来るぞ?」
「やだやだ!　風邪おさるまで離れたくない」
「わかったから騒ぐな。おかゆ食べたら薬も飲めよ」
「私薬苦手なの」
「知らねーよ、ちゃんと飲め」
　零さんの手を握りしめ、リビングへと歩く。
　風邪のせいでボーッとして、少し歩いただけでも息切れしちゃうくらい苦しかった。
「水とお茶どっちがいい?」
「水」
　ふらふらな私を、零さんが肩を掴んでイスへと座らせる。

まるで親と子どもみたいな関係に少しムッとした。
「ぜろぜろー!!　零ってばー」
「なんだ?　今おかゆ温めてるからおとなしく待ってろ」
　カチッとコンロから火が消えるのが見えた。
　頭が痛いし体はダルいし、なんか零さんはいつもより冷たいし。
　いっぱいいっぱいの私をあきれたようにジッと見つめ、零さんがテーブルにおかゆの入ってる食器と水が入ってるコップを置いた。
「ほら、食べろ」
「……『あーん』は?」
「は?」
「だーかーら!　『あーん』は!?」
　目の前で口を大きく開ける私に、零さんが眉間にシワを寄せる。
「お前いい加減にしろよ」
「やだやだ!　してくれなきゃ食べないもん!　するだけじゃん!　なんでしてくれないの!?」
「あのなー……」
「もういい!　零さんなんか嫌い。ひとりで食べるもん、あっち行け」
「あ?」
　ふんっ!とそっぽ向き、力の入らない手でスプーンを持っておかゆを口へと運ぼうとしたとき。
　そのスプーンが零さんの手によって奪われ、無理やりお

かゆを口の中に入れられた。
「うぐっ」
「……お前って本物のバカだろ」
「……？」
「病人相手に欲情しないようにこっちはがんばってるのにお前からベタベタしてきやがって。意味ねーだろうが」
　スプーンがゆっくりと口から離れる。
　コップが汗をかき、水滴がテーブルを濡らした。
「ぜっ……零さ……」
「煽ったお前が悪い。それともう二度と『嫌い』なんて口にするな」
「んっ」
　風邪のせいだなんて言い訳ができないくらいキスひとつで体が火照り、少しだけ正気に戻る。
　めぐるめぐる零さんに好き放題ワガママを言ってたことが鮮明に記憶に残った。
　恥ずかしくなって目を逸らすと、その目を逃がさないように零さんの目が追ってきた。
「零さ……んっ！」
「さっきまで呼び捨てだっただろ？　そこはそのまま続けてくれてもかまわなかったが」
「……」
「まあでも、ワガママなお前も悪くねーな」
　ドキッと胸が高鳴る。
　そんなこと言われたら、余計ワガママになっちゃいそう

で止まらなくなるじゃん。
　零さんに集中していたおかげで、なんだかさっきより体が楽に感じる。
　横でおかゆを食べてる私にもう、あーん、してくれないのは少し残念だったけど。
　今日はワガママ言いすぎたのを反省して、これ以上なにも口にはしなかった。
「ほら薬飲めよ」
　零さんが食器を片づけると、ついでに棚から薬を出してきた。
　もうこの人は当然のように家のどこになにがあるか把握済みらしい。
「……飲まなきゃダメですか？」
「上目遣いしてもダメだ。飲めよ」
　ちぇ……っと子どもみたいに口を突き出し。
　嫌いな薬を口に放り込み、勢いよく水で流し込んだ。
「さっきみたいにワガママ言わないんだな。
　てっきり、また嫌だって騒ぐかと思った」
「あれは本当にすみません。忘れてください」
「我慢するより全然いいが。むしろお前はもっと欲しがったほうがいいと思うぞ？」
　あんな恥ずかしいこと意識がハッキリしてるのにできるわけがない……。とは思ってたんだけど。
「じゃ……じゃあ今日の夜。抱きしめたまま寝てくれませんか？」

風邪で精神的に弱ってるせいか、ふいに出たワガママが零さんを黙らせる。
「いっ……嫌ならいいですが！」
「誰も嫌とは言ってないだろ」
　ふわっと、零さんの匂いが近づき後ろから軽く抱きしめられるから、もう心臓は爆発寸前。
「いっ今じゃないですよ！　寝るときです！」
「べつに、いつ抱きしめようが俺の勝手だろ」
　さっきまで冷たくしてたくせに！
　ていうか、キスしたり抱きしめたり。私はワガママ言った張本人だけど、風邪の人にこうやって近づいて零さん自身が引いたらどうする気なんだろう。
「やっぱり抱きしめるのも、近づくのもなしです」
「あ？」
「風邪うつっちゃ……う！」
　言葉で精いっぱいの抵抗をするも「今さらだろ」なんて耳元でささやかれ、零さんがさっきより強く抱きしめてくるから。
　もう……なんかいろいろと無理!!と、顔を熱くしながら強く目をつぶった瞬間。
　ピンポーン、とチャイム音が家の中で響いた。
「チッ。いいとこだったのに誰だ？」
「あっ、零さん私出ますよ！」
「いい、お前はできるだけ動くな。どうせこの時間だ。セールスマンとかそういう奴だろたぶん」

ダルそうに零さんが私から離れ玄関へと向かっていく。
　……正直助かった。
　あんなにベタベタ触られてたら、恥ずかしくて風邪どころじゃなくなってくる。
　前よりは素直に好きって気持ち表せれるようにはなったけど。
　やっぱ風邪だから勘弁してほしい。
　とか、さっきめちゃくちゃワガママ言ってた私が言える立場じゃないけど。
　それにしても零さん、セールスマン相手に戻ってくるのが遅すぎるような気がする。
　大丈夫かな？と心配になって私も玄関へと向かうと、近づくにつれて聞こえてくる声。
「零さん？」
　ひょっこりと顔を出すと。
　零さんが体をこちらへ向けた瞬間に見える直人の姿。
「なっ……おと!?」
「朝日どういうことだよ!!　なんでコイツがお前の家にいるんだよ」
「……朝日、あっち行ってろ」
「なっ……！　朝日に向かってなんつー口の聞き方してんだよ、あんた!!」
「……めんどくせー」
　ぎゃあぎゃあと騒ぐ直人に、頭に手をあてる零さん。
　もしかして私が来たことによって、話をややこしくし

ちゃったのかも。
　めんどくさそうに直人を横目で見る零さんに、心の中で謝った。
「直人、とりあえずご近所迷惑だから明日学校でちゃんと話すよ」
「はあ!?　明日まで待てるかよ!!」
「おいチビ助、風邪引いてる奴がいるんだからあんま大きな声で頭に響かすな。悪化するだろ」
「これが騒がずにいられるかっ!!
　そもそもあんたがこの家にいることがおかしいから、こうなってんだろうが」
「あーもう直人うるさい！　わかったから!!　説明するからとりあえず家の中入って」
「朝日」
「零さんは黙ってて!!　しょうがないでしょー、うるさくしてご近所に通報されたら、もっとめんどくさくなるんだもん!!」
「……」
　零さん以外に男の人を家に入れるなんて違和感というか、正直すっごく抵抗はあるけど。
　もういろいろとめんどくさいし、この際今までのこと、零さんとの関係について全部直人に打ち明けようと思う。
　だってそうしないと、直人引き下がってくれなさそうだし。
　仕方なく直人を家に入れると、一応お客さんなので、コッ

プにお茶を注いで渡した。
　私を合わせて3人も人がいるのに、無音が続くリビングでは気まずさの波が荒れていた。
　パジャマ姿の私にスウェットに長袖Tシャツ姿の零さん。
　そして制服姿の直人。
　手に持っているレジ袋を見ると、お見舞いに来てくれたことがわかる。
「なあ朝日」
「なっ……なに？」
「お前の言ってた付き合ってる人って、まさかこの男？」
　嫌そうに零さんに向かって指を差す直人。
　まさにそのとおり、その男です。
「おいチビ助」
「チビ助じゃねーし！　直人だ直人‼」
「俺と朝日が付き合ってることわかったなら、もう聞くこともねーだろ？　どうせお前、朝日がどんな奴と付き合ってるか知りたくて、捜査目的で来たんだろ？」
「——ギクッ」
　零さんに言いあてられたのか、目を逸らしわかりやすいくらい動揺する直人。
「話は終わりだ、とっとと帰れ」
「なっ……なんだよ偉そうに‼　俺は朝日とあんたの関係認めたわけじゃないからな」
「長年の恋が実らなかったからって八つ当たりとか、ほん

とガキだな、お前」
「……っ！」
「ちょっ……！　零さんそんな言い方……」
「間違ってないだろ？　お前もだ朝日、風邪のくせに動きすぎだ。話なら俺がしとくからお前は寝てろ」
　付き合ってから、零さんの怒ったところなんか見たことなかったのに今日はめずらしく頭にきてるみたい。
　原因は直人なんだろうけど、その直人が無言で私にレジ袋を渡してきた。
「直人、ありが……」
「帰る」
「ちょっ直人‼」
「朝日のこと危ない目にあわせた奴が偉そうに口出ししやがって。やっぱり俺はこんな奴、お前の恋人だって認めねーからな」
　直人が私に向かって声を荒らげ、そう言い残して玄関へと向かう。
　引きとめる暇さえ与えてくれなかった直人がバタンッ！と扉を力任せに閉め、家から出ていってしまった。
「零さんなんであんなこと言っちゃうんですかっ‼」
「危ない目にあわせた……か。ハッ、痛いとこ突いてきやがるな、あのチビ助」
「……零さん？って……わあ‼」
　突然腕を強く引っ張られ、お互いがバランスを崩して床に尻もちをつくと、零さんの胸板へと顔がうまる。

「……朝日、お前」
「……はい？」
「あのガキの言うとおり、危ない目にあわせてしまった俺でもいいのか？」
　ごくりと唾をのむ。
　言われて思い出すのは、あのときの恐怖。
　いろいろひどいことされたのは私なのに零さんの顔を見ると、あのときのことをいちばん引きずってるのは私ではなく零さんだと思った。
　人が苦手な零さんが、あんなに人を集めて動いてくれたり。私のドジでああなってしまったのに。結局零さんはいつも自分ばかりを責めてしまう。
「……零さん、ごめんなさい」
「……なんでお前が謝るんだ？」
「私が零さんを追いかけなければ、零さんだっていろいろと巻き込まれなくてすんだはずなのに……。本当にごめんなさい」
　いくら謝ったって足りないような気がした。
　それでもそばにいたいと望むのは、たぶん私のワガママだ。だから……。
「零さんとしか、もう恋なんかしたくないの……」
「……っ!?」
　一世一代の恋。
　私は自分をなぐさめるように、零さんを強く抱きしめた。
「やっぱお前……かわいすぎだな」

「……こんなに素直なのも、零さんの前だけだからね」
「そうじゃないといろいろと困る」
　抱きしめ返された、彼の腕が熱い。
　もう風邪とか、直人が私たちのことを認めないとか、そんなのどうでもいいよ。
　私は零さんとふたりだけの世界で、互いを認めながら生きていく。
　それだけを望んで、今日は零さんと抱きしめ合いながら深く眠りについた。

　次の日。
「あぁ……わかった。いろいろとありがとな。あぁ……じゃあな」
「……ぜ……ろ……さん？」
「悪い、起こしたか？」
　いつもどおりの愛しい声で目が覚める。
　やっぱり朝は苦手だ。
　ベッドから体を起こし、起きたばっかりで頭が痛い。
「誰と電話してたんですか？」
「あぁ……神崎から連絡がきてな。それより体調のほうは大丈夫か？」
「昨日よりはだいぶ楽です」
「そうか、学校は？」
「今日は行けそうです。それより神崎さん、なにかあったんですか？」

ベッドから下り、背中をグッと伸ばす。
　べつに零さんと神崎さんとの話に興味はなかったが、なんとなく聞いてみると、彼はベッドへスマホを軽く投げた。
「……鬼口が捕まったらしい」
「えっ!?」
　鬼口って、あの兎恋の!?
「なっ、なんでですか!?」
「お前、鬼口が最初に現れたときのこと覚えてるか?」
「あっ、はい……いろいろ衝撃的だったので」
　たしか、バイクで人の家に突っ込んでたような気が。
「アイツがバイクで突っ込んでった家、俺が借りてた家だったんだが、どうやら大家が被害届出して無事捕まったらしい。ほんとバカだよなアイツ」
「えぇ!?　あれ零さんの借りてた家だったんですか!?」
「あぁ、普段BARで寝泊まりしてたからあんまいなかったけどな」
　軽ーく、そりゃあもう普通の世間話のように軽ーく言ってますけど。それって相当危ない話なんじゃないの!?
　もし零さんがあの家にいたらって考えるとゾッとして、今目の前にいる零さんを見ながら手を合わせて神様に感謝した。
「まあ、これで兎恋も解散だろ。鬼口なしじゃ、たいした戦力いねーし。それにしても、人生なにがあるかわかんねーな」
「いや……零さんが特殊すぎますって」

「そんなことより、お前そろそろ支度しないとヤバイんじゃないか？」
「うあ!!　ほんとだヤバイ遅刻だあぁぁあ」
　走って寝室から出る私に、零さんも数秒後に寝室から出てくる。
　昨日の風邪はいったいなんだったのかってぐらいに元気に走りまわる私を見て、零さんが笑っていたことなんか知らない。
「それじゃあ零さん！　行ってきますね」
「あぁ、悪いな送ってやれなくて」
「全然大丈夫ですよ！　それよりお仕事がんばってくださいね」
「んっ。あっ、おい朝日」
「はい？」
　玄関で座りながら靴を履いていたときだった。
　呼ばれて後ろを振り向くと。ちゅっ、とリップ音。
「忘れもん」
「朝からやめてください！　そんな恥ずかしいこと」
　もう！　これだから零さんは嫌になってくる！
　朝からいろいろと刺激的な彼に見送られながら、赤い顔を手で隠して元気よく玄関を出た。
　自分以外の誰かを大事にできるって。とても素晴らしいことだって。
　その相手が零さんでよかったなーと。キスされた唇に指先で触れ、今日も1日がんばろうと思えた。

後ずさり

10月も早くも下旬(げじゅん)に入り。
　生徒たちは11月に行われる文化祭の話で持ちきり。
　そして今、ちょうどその文化祭について授業中に話してる途中。
「おーい、文化祭の出し物決まってないのうちのクラスだけだぞー」
　焦らすように先生が黒板の前に立ち、なにをやるか質問するけど。
　男子と女子の意見が合わなすぎて全然話がまとまらない。
「やっぱ文化祭といえば女子のメイドだろ」
「おっ！　いいなー、ついでにサービスで猫耳(ねこ)とかもいいんじゃね？」
「男子きもーい」
「そこまで言うなら、逆に男子が猫耳メイドやればいいんじゃないの？」
「はあ!?　誰が俺らのメイド姿なんか見たがるんだ」
「そーだぞ！　女子がやってこそ意味があるんだろーが!!」
　ぎゃあぎゃあと、教室では授業中なのに休み時間みたいにうるさくて。
　さっきほかのクラスの先生が注意しにきたけどおさまらないし、こんなときに限って意見がまとまらない。
　性別の違いってけっこうめんどくさい……。
　私と零さんだって、性別の違いでいろいろ悩まされたことがある。

たとえば、上半身裸で寝る零さんに「服を着て!!」と何回も注意する私。
　零さんはいつも寝るとき、上半身だけなにも着ないで寝るのが気持ちいいらしいんだけど。
　朝起きたとき、彼の裸は刺激が強すぎて慣れないから、私は嫌だ。
　今はなにか着て寝てくれてるけど。
　たまーに寝ぼけて着てるものを脱いだりするから、ほんと嫌になってくる。
　だけど……もし、もしもの話だけど、零さんと結婚(けっこん)することになったら、そのときは許してあげよーかな……って!!　授業中になに考えてるの私!?
　バンバン!!といろいろ妄想が爆発し、顔を赤くさせながら机を叩くから。
　周りに『なにごとだ!?』と振り向かれる。
　あぁ、もう早く学校終わって零さんに会いたい！　なんでもいいから早く決めてー!!
　自分は話に参加してないくせに、いい加減な私。
　そして、ついに挙手で決まったのは。
「おっしゃあぁぁああ!!　メイドカフェだぁぁああ」
「女子よ、見た!!　これが男子の団結の力だ」
「ちょっ!!　男子のほうが人数多いのに投票数で決めるとかずるくない!?」
「やだぁー、なんで男ってこういうときだけ変に団結しちゃうのかしらー」

「問答無用!! つーことでメイドカフェに決まりー!!」
　パチパチとうるさいくらいの拍手と『メイドカフェ』と最初に発言した生徒を胴上げ！する男子たちとは対照的に。
　完全にやる気をなくした、男子たちを白い目で見てる女子たち。
　メイドって言っても……たぶんかわいい子にしかやらせないだろうから。
　たぶん裏方に回る私からしたら、べつにメイドでもいいかなって。
　そんな甘い考えを持っていると、ひとりの男子が自分の机へと足をのせて立つ。
　そして。
「女子は全員メイド姿で接客!!　男子が料理する係にけってーい」
　盛り上がる男子と盛り下がる女子の間で目を見開く私。
　……女子全員参加って。
　えっそれって、私もってこと!?
「ちょっ!!　待ってください!!なんで女子全員なんですか!?　私、料理得意だよ!?　私もキッチン担当がいい!!」
　ガタガタと立ち上がった瞬間に揺れる机とスカート。
　いつもおとなしい私が、突然大声を出したことにビックリするクラスメイトを見て、恥ずかしくなってゆっくりとイスへと座った。
「うーん、でも女子全員って決まりだから加島だけ特別扱

いは……ちょっとな？」
「なんだったら文化祭の日にイケメン彼氏連れてこいよ!!　たぶん盛り上がるぜー!!　彼女のメイド姿とか男からしたら夢だもんな？」
　そっ……そんな。なんでこんなことになっちゃったの？
　そもそも誰なのメイドカフェとか言った人。
　適当に話に参加してた自分が今は憎い。
「それじゃあメイドカフェなー」と、女子の意見を無視した投げやりな態度と、チョークで黒板に文字を書く先生にブーイングの嵐。
　私がメイドとか想像しただけで、自分で鳥肌立つとか、ほんっと悲しくなってくる。
　文化祭の話は、絶対零さんには内緒にしよう。
　と、ため息をつくだけついてブルーな気持ちで家に帰ると。夜、零さんが突然口にする。
「文化祭なにするか決まったのか？」
　ひと口コーヒーを口にし、零さんが私の前に座ってそんなことを言うから思わず肩をビクつかせた。
「なっ……なぜそれを」
「あ？　お前が昨日文化祭があーだこーだって楽しそうにしゃべってたんだろうが」
　うっ……バカな私。
　なんでそんな余計なことを口走ってしまったのか。今日の私はとことんついていない。
「まだ決まってない……んです」

「そうか」
「アハハー‼　もしかしてうちのクラス、このままだと文化祭に参加できないかも」
　作り笑いで口角が痛い。
　なんてわかりやすい嘘なんだろう。
　自分が女優だったら、たぶん『大根役者』で一気に有名になりそうだ。
　そんな私の嘘を、零さんは持っているコーヒーカップをゆっくりとテーブルに置き。
「俺に嘘ついていいと思ってるのか、朝日」
　怖い目で睨まれた。
「えっ……いやあの」
「なにを隠してる」
「えーーーっと」
「言え」
　低い声で言われて汗がダラダラ流れる。
　恥ずかしすぎて言いたくない……。言いたくないけど‼
「……メイド」
「あ？」
「メイドカフェ‼　なんですよー……うちのクラス」
「……メイド？」
　はぁ？と意味がわからなそうに私を見る零さん。
　ほらね、やっぱり引かれるから言いたくなかったんだ。
　私のメイド姿なんて、たとえ零さんでも見たくなんか……。

「誰だ、メイドとか意味のわからないものを提案した奴は」
「……クラスの男子」
「殺す」
　えっ!?　なんでそうなるの!?
「ちょっ!!　零さん冗談でも言っていいことと悪いことが」
「お前のメイド姿を、なぜほかの男に見せないといけないんだ」
「えっ!?」
「俺だけが見るのはいい。だが、なにが楽しくて自分の女が文化祭で客の男相手にメイド姿で接客してるところを見なければならないんだ」
「ぜっ……零さん！」
　今にも怒りで外に出ていきそうな零さんを力いっぱい止める。
　言われた言葉にうれしくなって少しにやけてしまう。
「……喜んでんじゃねーよ」
「だって零さんそれってヤキモチですよね!?　うへへ……零さん好きー」
「なんかムカつくな」
　クシャッと零さんの手で少しだけ乱された私の髪。
　メイド……少しだけやる気でてきたなんて言ったら怒るかな？　でも、零さんの彼女として堂々と立てるぐらいかわいくなろう!!
　そのために明日からダイエットだーと、意気込む私と複雑そうにため息をつく零さん。

そして次の日。
学校では文化祭の準備で異常なほど盛り上がっていた。
「それあっち持ってってー」
「ちょっ!!　男子サボらないでよー」
「この前アイツがさー」
教室の中だったり、廊下だったり、体育館だったり、運動場だったり。
すべてが人の声でうまり、うちのクラスも授業がなくなってうれしいのか、それとも純粋(じゅんすい)に文化祭の準備を楽しんでるのか……少なくとも私はどちらでもない。
だって実際なにしていいかわからないから。
「あの……」
「あっ加島さん。ちょっとどいてくれないかな?　今からそっちに机運ぶから」
声がけもむなしく、相手にされない。
どうしよう……先生が役割分担とかしなかったせいでみんな自由に仕事つくってるし、普段ぼっちの私からしたらこういうのほんと困る、なにすればいいの。
ガクッと肩を落とし、普段自ら話しかけない自分に天罰(てんばつ)が下ったかのように集団でなにかするってつらいと実感。
「……はぁ」
ため息ひとつ、横を見ると動かされる直人の席。
直人があの日、見舞いに来てくれて以来直人とは会っていない。
会っていないっていうか、直人が学校に来ていない。

たぶん私の顔を見たくないのかもしれない。
　私に彼氏ができたことが、そんなに嫌だったのか、それとも相手が零さんだったから嫌だったのか。
　ザワザワとうるさいくらい人の声が聞こえてくるのに、なんだかひとりぼっちだと感じるのは、いつも話しかけてくれる直人がいないからだ。
　今からお見舞いに行ってみようかな？
　いやいや、そんなことしたって直人を無駄に期待させるだけだ。
　もう私が直人の感情に首を突っ込んでいい関係ではなくなってしまったんだ。
　まさか、直人の好きな相手が私だったなんて。
　今でも驚きを隠せないのに、直人に会ってかけてあげる言葉すら見つからない。
　ダメだよ……絶対行っちゃ。
　なんだか零さんにも悪いし。
　揺れ動く風で煽られたカーテンと人。
　ジリジリと夏でもないのに太陽がうるさく見えるのは。
　きっと天気がいいから。
　こんな天気のいい日はなんだか足が勝手に動いて。あれだけ自分を自分で説得してくせに。

　無意識に来ている直人の家。
「学校抜け出してきちゃった……」
　先生に見つかるのが怖くて走ってきた直人の家は、学校

からそう遠くはない。
　勢い任せで来ちゃったのはいいけど……。
　いざ来ちゃうと、緊張してインターホン押せないよね。
　ドキドキとひとり、玄関前で突っ立って、震える指でインターホンを押そうとしたとき、タイミングよくガチャッと扉が開く。
「わっ……！」
「あっ!!　直人のお母さん」
　家から出てきたのはスーツをピシッと着こなした直人のお母さんだった。
「朝日ちゃん久しぶりじゃない！　最近全然顔見せないから、おばさん寂しかったのよ？」
「あっ……いろいろと忙しかったので」
「そうなの？　たまにでいいからちゃんと顔出ししてね！あっ、それはそうと、もしかして直人のお見舞いかしら」
「あっ、はい！」
「あの子なんかよくわかんないけど、学校行く気分じゃないみたいでねー。仕方なく休ませてるんだけど、お友達とかお見舞いに来てくれてるし、問題はいじめとかじゃないみたいで……」
「……」
「とくに思いあたることもないし……。ねぇ朝日ちゃん、なんか知ってる？」
　言えない。
　直人が学校に来ないのは私のせいですなんて、口が裂け

ても言えない。
「し……知らないです」
「あらそう？　まあ、朝日ちゃんを見たらあの子元気になると思うから、ゆっくりしていってね」
「えっ!?　ちょっ」
「私今から仕事だから！　それじゃあ、あとは若い者同士でごゆっくり？」
　語尾に音符マークをつけながら、すごい力で直人のお母さんに背中を押され。無理やり入れられた家の中。
　……全然心の準備できてないのに。
　直人のお母さんのバカ———!!
「おっ……お邪魔しまーす」
　もう、こうなった以上直人に謝ってすぐ帰ろ。
　泥棒みたいに、足音を鳴らさずにそーっと床を歩く。
　直人の部屋の前に立つ。
　そして、ドキドキと心臓がうるさい中、ドアノブを掴んだとき——ガンッ!!
「母ちゃん飯ー……ってわあ!!　あ、朝日!?」
「いっ……痛い」
「ちょっ!!　お前なんで俺ん家にいるんだよ!!　つーか、頭大丈夫か!?」
「なんとか大丈夫」
　タイミングが悪すぎたみたい。
　直人が先にドアを開いたせいで、ドアの目の前に立っていた私はドアに思いっきり頭をぶつけてしまった。

「ごめん……。つーか、なんでお前が俺の家に。母ちゃんは?」
「今さっきお仕事行ったよ。それより直人、なんで学校来ないの?」
「べ、べつに朝日には関係……」
「あるでしょ!?」
「……っ!」
　言いあてられて直人が気まずそうに顔を下に向ける。
　ほら、やっぱり私が原因じゃん。
「零さんと……付き合ってたことを言わなかったことは謝るよ。でも、べつに隠してたわけとかじゃなくて言うタイミングが……!!」
「そういう意味で怒ってんじゃねーよ俺は」
「……!?」
「俺は……お前のことがずっと好きで。でもお前に彼氏ができても普通に応援(おうえん)できるくらいの器は持ってる!!　だけど……だけど!!　なんであんな危ない奴好きになったんだよ」
「零さんはべつに危ない人なんかじゃないよ!!」
「現に俺ら巻き込まれただろ!?」
「っ!?」
「普通暴走族が普通の学生やってる俺らを拉致ったりするか!?　それもこれもアイツが朝日に関わったりなんかしたから……!!」
　目の前で勝手なことを言う直人に怒りがこみ上げてくる

のがわかる。
　零さんが私に関わったから？
　そんなんじゃない。だって関わったのは私のほう。
　倒れてた零さんを助けたのだって私自身。
『もう会うことはないと思う』と言った零さんを慣れもしないネオン街で、必死になって捜したのも私。
　勝手に零さんのことを好きになったのも私。
　全部私からなのに……。
「な……」
「……」
「なにも知らないくせに‼　勝手なこと言わないでよ‼」
「朝……！」
「もういい‼　直人の心配した私がバカだった‼　零さんのことよく知りもしないで勝手に決めつけないで」
「……」
「……バカ‼」
　最後に子どもみたいな言葉を吐き捨て。
　バンッと勢いよく扉を開けて、走り出す方向は自分の家。
　なにもかも最悪だ。
　喧嘩がしたかったわけじゃない。けど。
　零さんのことあんなふうに言われて黙っていられるほど、私は優しくなんかない。
　ムカつくし、気分悪いし、悲しくなってくるし。
　もう、感情がゴチャゴチャで意味がわかんないよ。
「……直人のバカァ」

自分の気持ちが素直になっていくほど、零さんへの思いが強くなる。
　でもそれが少し怖くなってくる。
　こんなふうに人に怒鳴ってしまうなんて、親が亡くなって、すべてが空っぽになった私らしくない。
　そもそも私は自分がすべてを失って、空っぽになったと勝手に思い込んでたのかもしれない。
　だってこんなにも人を好きになってるじゃない。
　直人にバカって言う前に私自身がいちばん……バカなんだから。
　人が落ち込んでるときに、まっすぐに照らしてくる太陽が嫌い。
　家に帰ると、誰もいない家に気持ち悪さを感じた。
　零さん、やっぱりいないか。
　そりゃあ仕事だもんね……帰ってきたら零さんが待ってるなんて。
　当たり前になりすぎて、ひとりでいるのがつらくなってくる。
　制服にシワができることなんかおかまいなしにソファへと寝転ぶ。
　そして目を閉じて寝るつもりなんかなかったのに、意識が遠のいて、夢の世界へと落ちていった。

「お……」
　……んっ？

「……い！」
　……誰かの声が聞こえる……？　零さん……？
　そんなわけない……だって零さんはお仕事……。
「おい!!」
「はいっ!?」
　うっすらと目を開けると超絶美形のどアップが目の前にあった。
「ぜっ……零さん!?　あれ……？　なんで……？」
「それはこっちのセリフだ。4時に帰ってきたらお前が寝てるし、学校はどうした？　いつもより早く終わったのか？」
「あっ……いえ、いつもどおり」
　そう、いつもどおりなんですけど
「今日は早退しました」
「また風邪か？」
　そう言いながら、零さんは私のおでこに手をあてる。
「あっ違いますよ！　ちょっと学校っていう気分じゃなかったので」
「めずらしいな、お前がサボるなんて。いつも真面目ちゃんのくせにな」
　まるで心が洗われるように、零さんが「ふっ」と笑うだけで思い出す嫌なことが全部吹きとぶ。
　これだけで嫌なことが吹きとぶ私も私だけど、やっぱり零さんは最強だと思った。
「あっ、今何時だろう」

「夕方の６時だ」
「えぇ!?」
　もうそんな時間なの!?　私どんだけ寝てたんだろう!?
「今から急いでご飯作りますね！」
「おい」
「はい!?」
　起き上がって、キッチンでバタバタとあわてる私に零さんが声をかける。
「なにかあったら言え」
「……」
「お前はいつもひとりで解決しようとするからな」
　持っている包丁が今にも床へと落ちそうなほど。零さんの言葉に感動して震えてしまう。
「えへへ……ありがとうございます！　でも大丈夫ですよ！　今日は本当に疲れて帰ってきただけですから」
「そうか」
　ほらね、直人。零さんはやっぱり危ない人なんかじゃないよ。ちゃんと私のことを思ってくれてる優しい人。
　誰にでも自慢できちゃうくらい、零さんは誰よりも素敵なんだ。
「今日の飯はなんだ？」
「ハンバーグです！」
「……またか」
「あはは、冗談ですよ！　今日はシチューです」
　もし直人が学校に来たときには。またちゃんと話し合お

う。
　今日は逃げ出してしまったけど、やっぱりこのままじゃダメなような気がする。
　そう決心し、それから学校で直人を待つばかりの日々が続いた。

　そして文化祭1日前。
　みんなで最後の準備に取りかかっていたときだった。
　ガラーっと静かに、教室のドアが開く。
「……お……おはよー」
「直人!?」
　気まずさが含まれた直人の「おはよう」の挨拶に、数人の男女の声が重なる。
　みんなが振り向いた視線の先には、しばらく学校に来なかった直人の姿。
　よかった……。直人が来た。
　いちばん最初に直人の元へ駆け寄ろうとしたのに、クラスのほとんどが波のように直人の元へと押し寄せた。
「おい直人!?　お前いつまで俺らのこと待たせてんだよー！」
「そーだそーだ！　みんなお前のこと待ってたんだぞー」
「大久君よかった!!　もう文化祭1日前だから来ないと思ってた」
「はは……みんなごめんなー迷惑かけて。しかも文化祭の準備、俺ひとりだけなんもやってねーし」

「それもそうだな！　迷惑かけたお詫びに、文化祭本番、男だけどお前だけメイド姿で接客やれよ」
「それだけは勘弁してくれよ」
「問答無用」

　直人が来てついにクラスメイト全員になった。

　まるでなくしていたピースが見つかって、最後にそれをはめて完成させるパズルのように、直人が来たことによってひとつになる教室の雰囲気。

　そんな盛り上がりに、隅っこでニコニコしていた私も１時間……そして２時間と時間がたつにつれ笑顔がなくなっていく。

　……話しかけたいのに。

　みんなこんなときに限って直人にくっついてるから、話しかけれないじゃん。

　ムゥッとひとり。片隅で作業をしながら直人を見ていると、離れている直人とバチッと目が合った。

「……!!」

　直人が作業を中断し、みんなにひと言断ってこちらへ近づいてきた。

「朝日」
「……直人」
「ちょっと話そうぜ？」
「う……うん、私も話し合いたかった」
「ここじゃあ人がいて集中できないから。とりあえず教室から出るか」

「そうだね」
　とりあえず静かに教室から出て誰もいなさそうなところを見つけて、そこで話し合うことに。
　使われていない空き教室に入ると、適当に置かれてる机の上に座る直人。
　私も少し離れて、イスに座った。
　長い時間を一緒に過ごした相手に今さら緊張するなんて……なんかむずがゆい。
「朝日、ごめんな？」
「えっ？」
「あの日にせっかく見舞いに来てくれたのに……俺あんなこと言って」
　そんなの……直人の気持ちに気づかないで、ずっと苦しめてた私も悪いよ。
「あのあとずっと、後悔してたんだ」
　緊張しているのか、直人の声はかすかに震えていた。
「お前のこと追いかけなかったし、すぐに謝らなかったし俺、男としてすっげーだせぇことしたのはわかってる……でもやっぱお前のこと、好きだ」
「……っ！」
「ずっとずっと好きだったんだ。だからお前に彼氏ができたからって、それぐらいじゃあきらめきれねーよ」
「……な……おと」
「それに、やっぱアイツのことは好きになれねー……だから俺」

立ち上がる直人。近づく距離。後ずさりする私。
　頭がおかしくなりそうだった。
　だって直人が私に顔を近づけ、切なそうな顔で。
「好きだ」
　今にも呼吸が乱れそうだ。
　男として見てなかった幼なじみがいつの間にか、私の知らない"男"の人になっていたなんて。
　こんなにも真剣に私のこと思ってくれていたのに気づかなかった。
　そんな人の前で、ずっと零さんのことばかりかばっていたなんて。
　絶対傷つけていたに違いない。
　直人の気持ちなんかいっさい気にしないで、私、目の前にある自分の心しか見ていなかったんだ……。
　……でも、それでも……。
「ごめんね直人」
　合わせていた目を逸らして、直人が悔しそうに歯を食いしばりながらうつむく。
「私、零さんのことが好きなの」
　グッとこぶしを握る直人、苦しそうな吐息が小さな音を立ててこぼれた。
「たぶん、零さん以外もう見れない……見えないの。だから……」
「知ってる……朝日がアイツのこと好きなのは。だけど俺はあきらめない」

「っ!?」
「お前が今はアイツのこと好きでも、もしかしたら俺のほうをいつか振り向いてくれるかもしれないだろ?」
「そんなこと……!」
「ある。人の心がどうなるかなんて誰にもわかんねーもんなんだ。だからこれからは俺のこと、男として見てくれよ」
　無理。とひと言……言えたらきっと楽なんだろうけど。
　簡単に傷つけることができない存在、それは私たちが長い時間を共に過ごしてきたことを物語っていた。
「今日はそれを伝えにきた。それじゃあ俺、先に教室戻ってるから」
　捨て台詞のように言葉を残し、先に空き教室から出る直人の背中が私への複雑な心境を物語っていた。
　へなへなと、力が抜けその場に座る。
「直人」
　この話し合いで正直あきらめてほしかった。
　直人が私のことを好きだからとか、自惚れてとかじゃない。
　これ以上、傷ついてほしくないからあきらめてほしかったの。
「……バカバカバカー!!　直人も私も……そして零さんのバカー!!」
　片想いをするのは誰だって自由だ、だから余計に、噛み合わないまま想い想われても苦しくなることばかりで。
　もう幼なじみには戻れないことを知ってしまった。

それがなんだかつらくて自然とあふれ出る涙が頬を濡らす。
　恋なんて知らないほうがよかったのかもしれない。
　ううん、それとこれとはまた別の話になってくる。
　手で涙をぬぐい、隠せていない泣きっ面で空き教室から出た。

大声で「好き」だと叫ばれて

「うぅ……頭痛い」
「そりゃああれだけ泣きながら帰ってきたらな」
　文化祭当日の朝。
　昨日の直人の件で、一日中泣いていたせいで頭が痛い私に、零さんが朝ご飯を作ってくれていた。
「二日酔いには味噌汁がいいらしいな」
「人を二日酔い呼ばわりしないでくださいよ！　そもそもお酒なんて飲んでもいないし……」
「あの泣き方は酒飲んだ奴の泣き方みたいだったぞ」
「もう零さん」
　彼女が泣いてたのを、早速ネタにする零さんに朝からムカついてくる。
　ムカつくけど……零さんの作ったご飯はおいしい。
　しかも味噌汁が私の心を温めるから、なんだかホッとするものがある。
「それにしても……あのチビ助、俺がいるとわかってて告白するとは、なかなかやるじゃねーか」
「……ちょっと零さん、感心してる場合ですか？」
「べつに、断ったんだろ？」
「そ、そりゃあ」
「ならいい。俺はお前のこと、信用してるからな」
　ぜっ……零さん。あなたは本当にいい男だよ。
「それにしてもけっこう腫れたな、目」
「そうなんですよー！　文化祭当日なのに、最悪‼」
「まあ……目薬さして、できるだけ触らなければ、朝のう

ちになんとか治るだろ」
　引き出しから出して渡された目薬をテーブルに置く。
　はぁ……休みたい。直人に会いたくない。
「お前今、あのチビ助のこと考えてただろ？」
「だって……どんな顔して話せばいいか……」
「お前のこと信用してるとは言ったが、あんまほかの男のこと考えてるとムカついてくるからやめろ」
　ご飯食べてるときにやいてくる零さんに、思わず飲んでいる味噌汁をふき出しそうになる。
　なっ……なんてことを食事中に言ってくるんだ零さん！
　食事中じゃなかったら、たぶん零さんに飛びついてたかもしれない。
　顔を火照らせながら、「ごちそうさま」と手を合わせると、目薬をさして学校に行く準備をする。
「それじゃあ零さん行ってきますね」
「あぁ10時ぐらいに行くから、接客しろよ」
「もちろんです！　お昼は一緒に回りましょうねー!!」
「んっ」
「それじゃあ、いってきまーす」
　零さんに見送られながら家から出る。
　私の学校に零さんが来るなんて。しかも文化祭一緒に回れるとかうれしすぎて、すっごく楽しみ!!
　そりゃあ直人に会いたくないから行きたくないけど。このワクワクは、その件とはまったく別問題。
　るんるんとスキップしながら音符をまき散らす私を、通

行人が変な目で見ていたことに気づかず、数分して学校に着く。
　校舎の中を見まわすと、飾りつけが派手すぎて学校が学校じゃないみたいで。
　静かに自分の教室に入ると、いつも遅刻してくる人も今日は早めに来ていた。
「あっ加島さん、おはよ」
「おっ……おはよう」
「これ加島さんのメイド服ね！　今日彼氏来るの？」
「うん、来てくれるって」
「そっかー、よかったね！　しかし……メイド服で彼氏を接客するなんて、加島さんっておとなしいわりに意外と大胆な人なんだね」
「えっ!?」
　そういうつもりで零さんを呼んだわけじゃないから、言われて思わず声が裏返った。
「ぷっ！　あはは一冗談だよー！　加島さんからかうのおもしろい！」
「……」
「今日はがんばろうね、お互い！」
「うん！」
　文化祭の準備のおかげで前よりクラスの人とは仲よくなれたような気がする。
　渡されたメイド服を持って更衣室に行くと、女子全員が着替える。

そしてみんなで教室に戻ると、女子も男子もお互いに釘づけだ。
「じょ……女子すっげぇーいいじゃねーか！　似合ってるぜメイド服！」
「みんなけっこうレベル高いな。俺なんかドキドキしてきた」
「だっ……男子もタキシード似合ってるじゃん」
「いつもの倍カッコいい」
　文化祭だっていうのに。なんかうちのクラスだけ妙にハートが飛びかってる。
　本当は女子だけメイド服で、男子はエプロンの予定だったんだけど。それじゃあつまらないから、女子が案出しして緊急で男子も身なりを整えることに。
　これは……今日１日でカップルがこのクラスから増えそうだ。
「はぁ……なんか緊急してきた」
「俺も」
「うぇ!?　なっ……直人!!」
　独り言をボソッとつぶやいたつもりなのにいつの間にか隣にいる直人。
「似合ってるじゃん」
「ありがとう……直人も似合ってるよ」
「好きになった？」
「なっ!?」
「冗談だよバーカ」

あははと笑って、すぐ男子の輪の中に戻っていった直人。
　昨日告白してきたくせに、なんであああも緊張感がないんだろう。
　ひとりだけ意識してた私がバカみたいじゃんか!?　じわじわと怒りがこみ上げてくる。
　直人のことはいったん忘れようと、気合を入れるようにぱちんっと頬を叩くと、同時に始まった文化祭。
　早速入ってくるお客さんにみんなスムーズに対応していく。
「いらっしゃいませー」
「２名様ですねー？　ご注文お決まりしだいお呼びください」
「うわあ！　やっべ焦がした」
「これってまだ生焼けじゃねーか？」
　お客さんが増えると、みんなも焦り始めてくる中。
　人見知り発動中の私は。接客がどうも苦手みたい。
「あっ……の！　ご注文はお決まりでしょうか？」
「俺パンケーキ！」
「うーん、じゃあ俺はどうしよっかなー。ここに載ってるメニューじゃないとダメ？」
「は……はい」
　そりゃあそうでしょ！　ていうか、初めて接客するお客さんがヤンキーなんて。私ついてないかも。
　ビクビクと怯えながら、接客していると決まったのか、メニュー表を閉じてテーブルへと置く。

そして、金髪さんの口がゆっくりと開いた。
「うーん、注文はあんたでいいやー」
「……はい？」
「だからあんたでいいって言ってんじゃん」
「ちょっ……！　離してください困ります‼」
「いいじゃんべつに、あんたけっこうケチだなー？　なんだったら俺の女になる？　俺、あんたみたいな子けっこうタイプだよー」
「ギャハハ！　兄貴、純情そうな子タイプだもんなー」
　いやタイプとか知らないし。いらないよそんな情報‼
　ていうか、肩に回されてる手が気持ち悪い。
「あの、ほんと困りますこういうの」
「あれー？　いいのお客様にそういう態度で？　みんな今忙しそうなのに、あんたが騒いだら余計忙しくなっちゃうんじゃない？」
「っ⁉」
「ちょーっとおしゃべりするだけだからさー。ほら、俺の膝座れよ」
　グイグイと腕を引っ張ってきて、無理やり膝に座らせようとする金髪男にムカついてくる。
　正直今は怖いっていうより怒りのほうが優先されてる。
　零さん以外の男に触られるなんて……ほんっと最悪。
　もう我慢の限界だと、怒ろうとしたとき。
　まるで誰かに引き寄せられるかのようにガバッと勢いよく離れる私と金髪の男。

驚いて後ろを振り向くと。
「ぜっ……零さん!?」
「朝日、なにメイド姿で俺以外の奴を誘惑してるんだ?」
「しっ!　してないよ!!　この人が勝手に……ってあれ?」
　指さす方向に、金髪男とその仲間の姿はなかった。
「さっきまでいたのに」
「俺と目が合った瞬間、なにも言わず逃げていったぞ」
　逃げるの速すぎ!　ていうか、さすが零さんだよ……。
　目が合っただけで相手が逃げていくなんて、相当危ないオーラ放ってるんだろう。
「あっ……ちょうど席空いたし座ります?」
「バカかお前。なんでお前のことナンパしてた奴のところに俺が……」
「でもここしか席空いてないし……」
　ムスッとしながら座る零さんが、見ていてなんだかかわいい。
　でも、そのかわいさと持ち前のカッコよさで周りがざわついて大変なことに。
「きゃー!　なにあの人めっちゃカッコよくない!?」
「芸能人みたーい!　めっちゃタイプ!!」
　さっきまで私たちのほうがお客さん相手にバタバタして忙しかったのに。
　今は、女性客の視線が零さんにだけ集中しており、零さんの近くに移動しようと、テーブルの取り合いをしている光景を見ていると、若干引いてしまう。

「零さんすごい」
「俺はお前しか見てないぞ」
「恥ずかしいからやめてくださいよ、こんなところで言うの!!」
「コーヒーとチョコレートケーキ」
「……かしこまりました」
　もう零さんってば、全然人の話聞いてくれないんだから。
　でも。来てくれたし、助けてくれたし、うれしいのはやっぱりうれしい。
「あっ、あのコーヒーひとつにチョコレートケーキひとつ」
「……」
「どうしたの？」
　男子に注文を頼んでも返事ひとつない。
　あれ？　無視されてる？　と勘違いしそうになったとき口をパクパクさせながら私を見ていた。
「あ……あれ、もしかして加島の彼氏？」
「えっ……？　うん」
　無視されたと思いきや、零さんの話で盛り上がり始める。
「かっ……カッコよすぎじゃねー!?　なんか俺の想像していた加島の彼氏とだいぶ違うわ」
「それは俺も思った！　加島とは、なんかジャンルが違うよな」
「あぁ、なんか違うよな」
　男子がいつの間にか集まってきて、サラッとなんだかひどいことを言われてるような気がした。

「似合わないってこと!?」
「いや……そういうわけじゃないけど、加島の彼氏ってなんかこう、黒髪で爽やかな人想像してたわ」
「そしたらなんか、俺らと同じ人間だとは思いたくないくらいのイケメンが加島とラブラブしてるから驚いたわ」
「直人の奴かわいそうに……あんなの絶対勝ち目ねーよ……」
　褒(ほ)められてるのかけなされてるのか、わかんないよ。
　それにラブラブしてる要素なんかひとつもなかったような……。
　はっ！　てかそんなことより。零さん待たせてるんだった!!
「あの、チョコレートケーキとコーヒー！」
「あぁ！　注文どころじゃなかったわ！　すぐ作るから、ちょっと待ってな」
　さっきまで零さんを見て目が点になっていた男子も持ち場に戻って、すぐに注文へと取りかかる。
　そしてできあがったコーヒーとチョコレートケーキを渡された。
「よし、早速イケメン彼氏の元へ運んでこい！」
「からかわないでよ!!」
　もう！　男って、どうしてああも人の恋愛をからかってくるのかわからない。
　しかも黒髪で爽(さわ)やかってなによ！　グレーアッシュで色気ムンムンの零さんで悪かったわね！

ふんだ！といろいろと突っ込むところが間違ってることに気づかない私。
　零さんが注文したものを丁寧にテーブルへと置いた。
「えへへ……」
「『えへへ』じゃねーよ。来るの遅せぇ……つーか俺が見てるのに、堂々とほかの男と楽しそうにおしゃべりとは、いい根性してるな朝日」
「ええ!?　そんなつもりじゃ……」
「罰として、お前が食べさせろよチョコレートケーキ」
「なに言ってるんですか‼　こんなところでできるわけ……！」
「できるだろ？　できないなら……ほかの奴に頼むしかねーな？」
　ニヤリと笑いながら、意地悪なことを言う零さんはとんだ確信犯だ。
　そんなこと言われたら……やるしかないじゃん。
「零さんのバカ」
「なんとでも言え」
　手に取るフォークが冷たくてなんだか恥ずかしい。
　本当にみんなが見ている前で、零さんに『あーん』しなきゃいけないの？
　ふたりのときはちょっと恥ずかしいくらいだけど、人前でやるって相当勇気いるかも……これ。
　綺麗にフォークでチョコレートケーキをひと口サイズに切り、零さんの口元へと運ぶ。

この人本当に同じ人間なのかと疑いたくなるくらい、食べる姿まで色気がすごい。
「ぜっ……零さんもう……」
「まだ残ってる」
「あとは自分で食べてください‼」
「ダメだ。これは罰だろ？」
　いや、なんの罰なの？と頭の中で冷静にツッコミできる自分がいるからすごい。
　恥ずかしくて手から全身まで熱くなっていく中、ようやく零さんにケーキを食べさせ終えた。
「し……死ぬかと思った」
「大げさな奴」
「なっ……！」
　冷静にコーヒーを飲み始める零さんに、少しだけ怒りがこみ上げてきた。
　そりゃあ零さんは『あーん』してもらう側だから……恥ずかしくなんか……。
　私と零さんの立場を交代して妄想をすると、それはそれで恥ずかしいと赤面する。

「それじゃあ午前と午後の当番の人交代ねー！　午前中の人お疲れさまでしたー！」
「けっこう楽しかったねー！　とくに加島さんの彼氏すっごくイケメンで、ほかのお客さんに接客してるときに見とれちゃって接客どころじゃなくなっちゃったよー」

「えー!? そんなにイケメンだったんだ!」
　キャッキャッと、更衣室で盛り上がる零さんの話題。
　うれしいけど、なんかすっごく複雑な気分。
　これで零さんのこと狙う人いなきゃいいけどー……。
「つーか正直加島さんにはもったいないよねー」
「そうそう!! ぶっちゃけアタシらのほうが似合ってるねー、ああゆう系」
　聞こえるようにわざとらしく大きな声で言われる。
　思ったとおり、やっぱり零さんを狙う人がすぐ現れた。
　しかも少し派手な人たち。いわゆるヤンキー女子。
　怖いからとりあえず無視して、制服に着替え終わると即行で更衣室から出た。
「零さんお待たせしました!」
「あぁ。どこ行くか決まってるのか?」
「うーん、とくには……あっ! お化け屋敷とか行きたいです」
「ふっ」
「なに笑ってるんですか」
「どうせ自分で泣くのわかってるくせに。なんでそんなとこ入りたがるのか不思議に思ってな」
　なっ……失礼な!
「零さんこそ怖くて泣いちゃうかもしれませんよ!!」
「はっ……そうだな」
「……なんかバカにしてます!?」
　更衣室でせっかくもらったパンフレットも握りしめてク

シャクシャになる。
　いけないいけない。零さんのからかいにノッチャダメだ。
「それにしても。やっぱ零さんが学校にいるなんて、変な感じがしますね」
「そうか？」
「はい……似合わないっていうか、なんというか」
「喧嘩売ってんのか」
「違いますよ！」
　なにもしてないのに、ひとりだけ目立ちすぎて人混みが似合わないって言ったほうが早かったかも。
　よーく見ると、みんなが言うように私なんかとは、やっぱり不釣り合いなのかもしれない。
「はぁ……零さんってどうしてそんな顔整ってるんですか？」
「急にどうしたんだ」
「うぅ……なんか自信なくなってきた〜！」
　素直に本当のことを言うと、零さんが私の頬を、ふにっとつまんできた。
「俺は自分の顔より、何倍もお前の顔のほう好きだけどな」
「……！」
「……ほらな。そのすぐ赤くなるとことか……とくに好きだ」
　ふにふにと、何回も触られる顔が熱い。
　やっぱり、零さんにはかなわないです……。
「……もの好き！」

「あー？」
「でも好き！」
「知ってる」
　周りから見られてることなんかおかまいなしに腕を組む。
　こうなったら、今日は恥なんか捨てて思いっきり楽しむぞー！と、こぶしを突き上げたときの勢いはなんだったのか。
「ぎゃあぁぁああああ」
　お化け屋敷に入ると、最初に出てくるお化けの触感のコンニャクや、いかにも人間だとわかるお化けに怖がる私を見て、隣であきれ顔の様子の零さん。
「むっ……！　無理だよ!?　やっぱ無理！　こんなの死んじゃう……！」
「死なねーから安心しろ」
「死んじゃ……ぎゃあああ!!」
「驚くならもっと色気のある声出して驚けよ」
　そんな無茶なこと言わないでほしい。
　だって人間、怖いときほどカッコ悪くなる生き物なんだから。
「ぐす……帰りたい怖い」
「……まだ半分も歩いてないのに、バカなこと言うな」
「だってだってだって！」
　目をうるうるさせながら大声で叫ぶ私は、零さんの言うとおり、相当色気のない奴で。

口の中から白い魂(たましい)が出そうになる中、急に零さんに肩を抱き寄せられながら歩く形になった。
「ぜ……!?」
「これで怖くないだろ?」
　いや、ある意味怖い。
　だって幽霊役の人たちの目つきが、さっきより鋭くなってるんだもん。
　私も昔思ってたなー、リア充爆発しろって。
『リア充退散!』と怨念(おんねん)を込めてくるお化けにビビりながらも、明かりが見え、やっと出てこれたと感涙する。
「ぜぇ……ぜぇ……すっごく怖かった。もう当分お化けなんか見たくない……」
「変装しただけの、ただの人間だけどな」
「もう!　うるさいですよ!」
　人が本気で怖がってるのに。
　ほんっと余計なことばっか言ってきて。今日の零さんはちょっぴり意地悪だ。
「次どこに……」と、気を取りなおして顔を上げた瞬間。
「ねぇねぇお兄さーん、私と回らない?」
　甘い声と甘い香水(こうすい)の匂いで、私が見ていない隙にいつの間にか零さんを囲んでいた3人の女の人。
「……」
「ねぇ黙ってないで?　なんとか言ってよ?」
「やだぁー近くで見ると、ほんといい男?」
「お兄さんみたいな彼氏がいたら、最高だろうな?」

チラッと服の隙間から見える、胸の谷間。
　なっ……なんて卑怯な誘い方なんだろう！！
　これがほかの男の人なら、一発で誘惑に負けるところなんだろうけど。
　さすが零さんだ、その胸すら相手にしてない。
「悪いが、俺は自分の女と来てるから無理だな。ほかあたれ」
「えっ……？」
「お兄さん彼女持ち!?」
「どこどこ??」
　キョロキョロと辺りを見渡す女たちに、零さんが私のほうへと顎をクイッとしたせいで、女の人たちの顔がわかりやすいくらいピクピクと引きつる。
「えっ……冗談よね？」
「ガキじゃん」
「あはは―……妹かなんかかな？」
　ひどい言われよう……。そんなに子どもっぽいかな私。
「悪いがそろそろどいてくれ、邪魔だ」
「えー!!　なんか冷たくない!?」
「いいじゃないべつに？、子どもの面倒より私たちといるほうがぜーったい楽しいわよ？」
「ねぇいいでしょー」
　ベタベタと、気安く零さんに触る赤いマニキュアをつけた女の人にムカッとした。
「あの……!　気安く触らないでください！」
「あら？　妹さんかしら？　残念だけどお兄さん借りてい

くわよ？」
「それにしても似てない妹ねー。なんか地味っていうか、パッとしないっていうか」
「ちょっ……言いすぎだって」
　キャハハと高い声で私のことを笑い者にしてくるから。
　さすがに我慢の限界だ。
　なにか言葉を言い返そうと、口を開いたとき。口になにか温かいものが触れた。
「んー!?」なんで私、零さんとキスしてるの!?
　しかも大人のほうのキス。
「ぜっ……んっ！　……やめっ……」
　バタバタと身をよじっても、離れようとしない零さん。
　ひぇ!?　歩いてる人たちが私と零さんに注目してる!!
　恥ずかしくて目を潤ませていると、やっと離れた唇と唇。
「ぷはっ!!」
「……」
「ちょっと零さん！　こんなところでなんてこと！」
「普通はしないだろ」
「えっ」
「妹とキス」
　零さんが得意気にそう言うと、悔しそうに女の人たちがなにも言わず黙ってその場を去っていった。
「もうなんてことするんですか!!!!」
「なにってキスだろ」
「それは知ってますよ！　そういうことが言いたいんじゃ

なくて、人前で恥ずかしいじゃないですか」
「黙らせるならこっちのほうが早いだろ？」
　なんだか零さんの考えてることについていけなくて、頭が痛くなってきた。
「……次からは人前でしないでくださいよ」
「約束はできねーな」
「……バカ」
　ギュッと零さんの服の袖を掴む。
　恥ずかしがってるけど。
　なんだかんだ、あの人たちの目の前で私を彼女だと見せつけてくれたことはうれしかった。
　でも、そんなことこれまた恥ずかしくて言えないよ。
「零さん、次どこ行きたいですか？」
「どこでもいい」
「えー？　それ答えになってませんから」
　手にあるパンフレットを広げる。
　そういえばお昼まだだよね？　お腹すいてきたし、ちょうどいいかも。
「零さん零さん！　お昼ご飯食べにいきましょー……ってあれ」
　さっきまで隣にいた零さんがいない。
　もしかしてはぐれちゃった……？　廊下は人でゴチャゴチャしてるのにはぐれたりなんかしたら、絶対見つけられない。
　ど……どうしよう！　あっそうだ携帯……って。

そういえば今日持ってこなかったんだっけ!?　あぁもう！　こんなときに限って私のバカー!!!!
　自分のドジを恨みながら、とりあえずこんなところで突っ立っててもしょうがないと、キョロキョロしながら歩き始める。
　せっかく零さんと文化祭回れてうれしいって舞い上がってたのに。
　いつの間にかはぐれるって……ほんと最悪。
　私のバカバカバカカバー!!　勢い任せに、ポカポカと自分の頭を叩く。
　すると、誰かに肩を叩かれた。
「ぜっ……！」
「よっ。お前こんなところにひとりでなにしてんだよ」
「……直人」
　後ろを振り向くと、零さんではなく直人の姿にあからさまにショックを受ける。
「あの男はどうしたんだよ？」
「あはは……はぐれちゃった」
「……へぇー」
　うっ、なんて気まずいんだろう。
　とくに話すこともないんだから早くどっかに行ってほしい。
「そっ……それじゃあ直人、私零さん捜しにいくね！」
「待てよ」
　早くこの場から離れたくて前に踏み出したけれど、呼び

止められて、またピタリと一時停止。
「朝日、俺が昨日言った言葉ちゃんと覚えてるだろ？」
「そっ……そりゃあー」
「昨日宣戦布告したとおり、絶対好きになってもらえるように……」
「ちょっ!!　直人声でかい！」
　いきなりなにを言いだすかと思えば、こんな人が多いところで昨日の話はやめてほしい。
　直人の口を手でふさいで、焦りながら連れてきた場所は昨日の空き教室。
　──ガラガラー……バッタン。
「朝日のほうからふたりっきりの空間つくってくれてラッキー」
「……なにバカなこと言ってるの。直人があんなところでいきなり昨日の話するからじゃん！」
　もしクラスの誰かに聞かれたりなんかしたら、たぶん絶対からかわれるに決まってる。
　勢い任せでこんなところ来ちゃったけど、やっぱり直人とふたりっきりなんて。自分の身が危ないし、ここはさっさとこの場所から出ていこう。
「それじゃあ私、零さん捜しにいくから」
「ちょっ……！　まだ話は終わってねーだろ!?」
「きゃっ……!!」
　逃げようとする私の制服を直人が急に引っ張るから。
　かくんとバランスが崩れて足の力が抜ける。

そのせいで、ドサッと床に尻もちをつき、直人が私に覆いかぶさるようになってしまった。
「いてて……って！　ワァー!!　直人どいてよー!!!!」
「……」
「ちょっ、人の話聞いてるの!?」
「さっきの話の続きだけど、お前のことアイツからさらいにきた」
「……はあ!?　いや……意味わかんないから！　もう冗談はやめてよ！　本気で」
「怒るよ」と口にしようとしたとき、直人の顔がどんどん私の顔に近づいてくる。
　あと数センチでキスしそうな口と口の距離にさすがに危険を感じて、思いきり顔を背けると。
　拒否った私に、直人の顔がわかりやすいくらいゆがんだ。
「……そんなにアイツのほうがいいのかよ」
　聞いたことのない低い声で言われて、ビクッと肩を震わせる。
「な……おと？」
「なんでずっと一緒にいた俺じゃなくて、アイツなんだよ！」
　悔しそうな顔に、目を見開いて、ただ単純に言葉を失った。
　いつもより真剣な表情。いつもより低い声。
　いつの間にか怒りを含んだ言葉。
　全部が全部、直人が直人じゃないみたいで。そんな幼な

じみの姿を見たのは、ずっと一緒にいて初めてだった。
「なおと……落ち着いて、ねっ？」
「お前はいつもそうやって俺のこと子ども扱いしてきたけど、俺は違う！」
　熱くなる直人の想いをどうしても受け入れてあげることができないことに、罪悪感を覚えた。
「俺は好きだから、からかいもしたし優しくもした。それに一緒にいたのだって……正直お前に好意があって一緒にいたんだ」
　やめてよ……、私は求めてないの。だってずっと幼なじみのままだって。
「それでもお前は俺を見てくれないし……でもつらくてもお前と一緒にいれるならって……！　そう思ってたのに見ず知らずの奴にお前を取られてるし」
　違うよ、直人。そうじゃない。もし零さんと出会ってなくても、私は直人を"そういう目"では見れないんだ。
「もうわけわかんねーよ！　お前のことなんか……好きにならなければこんな思い……しなくてすんだのに」
　言われて初めて傷つく言葉。
"好きにならなければ"なんて言われて、どうしてこんなにも動揺してしまうのか。
　こんなときでさえ、直人を零さんと重ねて見て、同じことを零さんに言われたら深く傷ついてしまうだろうな、なんて考えてしまう私は本当に最低な奴だ。
「直人ごめんね」

「……」
「ごめんね……」
「……謝ってばっかで同情でもなぐさめてはくれねーんだな」
　私の肩に顔をうめていた顔を上げ、涙を流す直人にこれ以上言ってあげられる言葉なんか見つからない。
　ズビッと鼻をすする音が空き教室に響く。
　とまらない涙を直人が制服で強引に拭くから、目が真っ赤になっていた。
　今まで隠してきた恋心が一気にあふれた直人。つらさも喜びもその胸のうちに秘めてたなら、余計になぐさめることができない。
　こんなにも言葉が出てこない日が、長年一緒にいてあっただろうか……？
　乱れた息が正常に戻り、少し落ち着きを取り戻した直人が、ゆっくりと立ち上がった。
　なにも言わず、黙って空き教室から出ていこうとするから。
「……ありがとう」と、直人の想いに感謝して小さくつぶやく。すると直人が突然くるりと向きを変えて戻ってきた。
　そして空き教室のドアを全開にして息を吸い込むと、大声で叫んだ。
「朝日のバァ―――カ!!　好きだ―――!!」
　えっ……。えぇ!?
「なっ……直人なに言ってんのよ!!」

「この俺様をフッたことを、将来後悔する日がくることを願って大声出してみた」
「いや！　そういうこと聞いてるんじゃないよ!!」
　下を見おろせば全開の窓から見える、大勢の人。
　賑わう文化祭。直人ひとりの声で一気に上を見上げる人たち。
　お互い、しゃがんで隠れる。
「……もうほんとそういう勢い任せなとこ、変わんないんだから」
「うるせぇーよ。……まあでも朝日は変わったよな」
「えっ？」
「前より明るくなったつーか……中学の頃みたいに戻ったつーか」
「えっ!?　ほんと？」
「アイツのおかげかもな、ムカつくけど」と舌打ちしながら言う直人の表情は、本当に悔しそうで。
　でもさっきのシリアスな雰囲気が壊れるように、私たちは笑い合っていた。
　長年の想いをハッキリと言えた直人の顔は、いつもよりスッキリしていて、どれだけ恋が……私が、直人を追いつめていたかがわかる。
　最近気まずかったせいか今、前みたいに普通にしゃべれてることが懐かしくて、正直時間のことなんか忘れていた。
　そして、ガラリと誰かによって開けられたドア。
　そのドアを開けたのは……もちろん。

「あっ零さん」
「……帰るぞ朝日」
「あっ、はい！　直人いろいろほんとありがとう」
「おうおう！　もういいよ。俺はこれからお前のことを忘れるためにほかの女にも目を向ける」
「ぷっ……なにそれ！」
「笑うなよ！　俺はいつだって真剣だ！　それと、あんた……零さんとか言ったな」
「……なんだ」
「朝日のこと幸せにしないと、ぶっ飛ばすからな！」
「……」
「フッ」と軽く笑いながら直人に聞こえないぐらいの小さな声で「当たり前だろ」とつぶやく零さんは、いつもよりなんだか優しい目つきをしていた。
　……もしかして零さん。あの直人の告白聞いてたのかもしれない。
　だから私たちがこの場所にいるってこともわかったのかも。
　ハッとしたような顔で後ろを振り向いて直人を見る。
　するとバチッとウィンクされた。
　やばい……今になって泣いてしまいそうだ。
　やっぱり直人っていい奴。
　零さんに私のいる場所を教えるために、わざとあんな大きな声で告白したんだ。
　でも……まあ恥ずかしいことには変わりないけどね。

先に好きになったとか。好きにならなかったとか。
　そんなの関係ない。
　人は誰しも必ず、子どもから大人になるのだから。
　知らないものが多くて当然なんだ。
　だから、今日ぶつかり合うことで。知ることができたこの感情はきっと。
　私を少しだけ大人の階段へと上らせた。
　ねえ直人。私の好きと直人の好きは違うけど。
　また笑い合えた今だから素直に言えるよ。
　好きになってくれてありがとう。
　楽しかった文化祭が、幕を閉じて。
　帰り道はいつもより、夕日が濃いオレンジ色になっていた。

頬を赤く染めたあの子

「それでね、零君ったら入学当時から目立っててね。
　女の子に騒がれたり、先輩(せんぱい)に目つけられたり大変だったんだよ。まあそれが理由で高校、めんどくさくなってやめちゃったんだけどね」
「へぇー！　当時からそんなモテモテだったんですか」
「そりゃあ零君みたいな男を女が放っておくわけないからねー。零君に喧嘩売る男はだいたい嫉妬が原因だったんだよー」
「それだけで喧嘩売るなんて小さい男ですねー!!」
「……おい神崎、あの頃の話はやめろ」
「えー！　いいじゃないですか、べつに！　私零さんのこともっと知りたいもん」
「そうだよ零君。かわいい彼女がこう言ってるんだから、いいじゃないべつに」
「……」
　文化祭が終わって早くも２週間がたった。
　土曜日の休み、私と零さんは零さんが働いているBAR、NOISEに来ている。
　昨日零さんがNOISEにスマホを忘れて帰って、今日取りにきたら、神崎さんが「よかったらゆっくりしていって」と声をかけてくれた。相変わらずの紳士的な応対に安らぎを覚えた。
「……そういえば神崎さんとは会うの２回目ですね」
「そうだね、会ったときよりかわいくなっててビックリしちゃったよ」

「えっ!?　ほんとですか!?」
　うれしくて思わず立ち上がると、零さんに引っ張られて無理やり座らされた。
「真に受けるな。コイツは女なら、とくに客なら誰にでもこう言うぞ」
「えぇ!?　神崎さんほんとですか!?」
「いやいや、本気でかわいいと思ってるよ」
「ほら、やっぱり思ってくれてるんだ!!」
「だから真に受けんなよ」
　べつに嘘でもお世辞でもいいから、神崎さんみたいなおしゃれで綺麗な男の人に言われたら自信つくんだもん。
「零さんなんか、最近『かわいい』とか口に出してくれないんですよ!?」
　ガタッと再び立ち上がる私に、いつも無表情をキープしてる零さんがめずらしく、飲んでいるストレートティーをふき出しそうになっていた。
「なに言ってんだお前。言ったら恥ずかしがる奴が、どの口で言ってんだ」
「た……たしかに恥ずかしいけど、言われるとうれしいもん」
「……ふぅ……零君は男としてダメだねー。女の子にとって『かわいい』は魔法の言葉なんだよ？　好きな人が言えばもっともっとかわいくなるのに」
　さすが神崎さん！　これぞモテ男の言葉だ！と目を輝かせながら感心していると。

ぎゅ———っと、零さんにつねられる頬。
「いひゃい」
「俺はこの顔で十分いいと思うが？」
「えっ」
「これ以上かわいくなって、逆にどうするつもりなんだ？」
「……零……しゃん」

　惚れた。惚れた。惚れなおした。
　私の心のときめきメーターが、100%を超えました。
　モテ男の神崎さんみたいに誰にでも愛をささやくのではなく、零さんはあんまりそういうこと言うタイプじゃないから。
　破壊力は抜群だ。
「あららー……零君けっこうやるねー？　俺もその手、見習おうかな」
「なにが"見習う"だ、バカバカしい。おい朝日、そろそろ帰るぞ。じゃあまた月曜日な神崎」
「うん、月曜日またよろしくね。朝日ちゃんもまた来てね」
「はーい、また来ますね！　今日はありがとうございました」

　神崎さんにぺこりとお辞儀し、先にNOISEから出ていく零さんの背中についていく。
　それにしてもせっかくの休みなのに、これで帰るなんてもったいない。
　と、どこにか行きたい場所を勝手に考えていると、思い出すのは空っぽの冷蔵庫。

「あ――――! 思い出してよかった!!」
「……お前さっきからうるせーな」
「そんな冷たいこと言わないでください! 緊急です! 今日のご飯のために買い物行きましょう」
　グイグイと零さんの腕を引っ張る。
　するとパシッと手を払いのけられて、ガーンとこの世の終わりみたいにショックを受ける。
　そんなあからさまに拒否らなくてもと、思ったら。
　次の瞬間、ギュッと握られる手。
「普通こっちだろ? 色気ねーなお前は」
「んんんんん!? もう零さんってば最初から握ってくださいよ!? 拒否られたかと思ってビックリしたじゃないですかー!!」
「俺がお前を拒否るわけないだろ」
　どん底から一変。
　今度は幸せすぎてニヤニヤが止まらない。
　零さんってば、ほんっとツンデレなんだから。
　最初は零さんのほうがベタベタしてたのに今じゃあ立場逆転しちゃって、私のほうから好き好きアピールしちゃってるよね。
　自分が素直すぎて気持ち悪い。自覚を持ちながら、強く手を握り返してみたり。
　甘い雰囲気に酔いながら数分してスーパーに着いた。
「買うもの決まってるのか?」
「ぜーんぜん! 零さんなにか食べたい物ありますか?」

「お前の作る料理ならなんでもいいが」
　はぁ……!!　キュン……じゃなくてギュンときた!
　今胸に矢を放たれたような気がする。
　しかもなにも言わずカゴを持ってくれるとこも。またキュンときた!!
「はぁ……零さんって何回私のツボをつけば気がすむんですか」
「なんだ?　マッサージしてほしいのか?」
　……いや、そういうことが言いたいんじゃなくて。
　零さんが意外と天然だってこと忘れてた。
　ていうか、これはもう天然タラシだよ。
　だって私のキュンポイントを簡単についてくるし。
「そうだ!!」
「あ?」
「今日のご飯はオムライスにしよーっと!　ケチャップで零さんにハートマーク描いてあげますね」
「……じゃあ俺も書いてやるよ」
「えっ!?」
「"バカ"ってな」
　そう言って「ククッ」と肩を震わせながら笑う零さん。
「なにそれひどい!!　私はかわいいハートマーク描いてあげるのに、なんでそんな意地悪なこと言うんですか」
「お前の思考回路単純すぎ。なんだよケチャップでハートマークって漫画の見すぎだろ」
　人が真剣に考えたことを、ずっと笑ってる零さんに頬を

膨らませ。
　そんなに笑わなくてもいいのに、と思ってしまうほどまだ彼は笑っているから。
　私は嫌がらせで、零さんに軽く体当たりしようとしたら床と靴の相性が合わなかったのか、その場ですべってしまう。
「きゃっ……！」
「朝日！」
　ガシャッとなにも入っていないカゴが落ちる。
　すべった私を零さんが受け止めてくれたおかげで、転ばずにすんだ。
「あっ……ありがとうございま」
「危ねーから気をつけろよ」
「はい、すみません」
　落ちたカゴを零さんが拾う。
　びっ……びっくりした。
　さっきまでのやり取りで私が子どもだと認識させられたみたいに、やっぱ零さんは大人だ。
　人も多いんだし、もうちょっとおとなしくしたほうがいいのかもしれない。
　けど、やっぱり浮かれちゃうよ。
　だって零さんと休日に買い物だよ？
　いつもふたりっきりだけどこの感覚、これが"普通"のことで、その"普通"のことに満足できる、それが幸せなんだ……。

「おい」
「……はい」
「そんな落ち込むなよ、子どもか」
「……だって悪いことしたから……」
「すべりやすい靴履いてるんだから仕方ねーだろ。それにからかった俺も悪いしな。……悪かった」
　素直に謝って、零さんが手を差し出すから。ギュッと握り返した。
「これですべらねーだろ？」
「……零さん好き」
「知ってる」
　いつも"知ってる"で終わらせるけど、ほんとにわかってるのかな？
　ほんとのほんとに好きなんだから！　絶対この想いだけは本物なんだ。
　だって零さんを見てるだけで目の前がキラキラして見えるくらい幸せなんだもん。
　その幸せに浸りながら取る卵が入ってるパックも、またおいしそうに見える。
「うーん、オムライスの材料はそろえたし、とりあえずほかの材料も買って食料確保しとこうかな」
「明日は俺が作るか？」
「えっ!?　ほんとですか!?」
「あぁ、どうせ休みだしな。いつも作ってもらってばっかで悪いだろ」

なんでこんなにもイケメンなんだろうこの人。
　ただでさえ生活費も入れてくれてるのに、感謝の気持ちまで忘れないなんて。
「なんだろう、この人としての敗北感」
「なんか言ったか？」
「なにも言ってないです！　あっ、零さんお菓子(かし)コーナーも行きましょう」
「あぁ」
　直人にオススメされたお菓子、ずっと食べてみたいと思ってたんだよね。
　４日分の食材をカゴに入れ、お菓子コーナーへと移動する。
　ズラァーッと商品棚に並んでるお菓子を見て、直人にオススメされたお菓子を探していると。誰かに肩を軽く叩かれた。
「……えっ？」
「あっ……よかった、やっぱり朝日ちゃんだ」
　後ろを振り向いて驚いた。
「はっ……花(はな)ちゃん？　花ちゃんだー!!　久しぶり」
「久しぶり……朝日ちゃん相変わらず元気だね！　今日はお買い物？」
「うん！　あっ……花ちゃん紹介(しょうかい)するね！　こちら私の彼氏の零さん！」
「……どーも」
「あっ……冴木(さえき)花です。朝日ちゃんにはいつもお世話になっ

てます」
　零さんを見て、あわててお辞儀をする花ちゃん。
　お世話になってるのは私のほうなのに。相変わらず礼儀正しくてかわいい。
　三つ編みもすっごく似合ってるし。
「それにしても……花ちゃん２週間ぐらい学校来なかったから寂しかったよ」
「うん、旅行行ってたんだ！　あっお土産買ってきたから、月曜日に学校で渡すね」
「えっ!?　ほんと？　わーい、ありがとう」
「いえいえ。それじゃあお母さん待ってるから、行くね」
「あっうん！　またね」
　私と零さんにぺこりとお辞儀して去っていく花ちゃんの後ろ姿に手を振った。
「お前友達いたんだな。アイツ以外に」
「失礼ですねー！　いますよ……まあ直人と花ちゃんふたりだけだけど」
「それにしてもあの女……初めて会ったときのお前そっくりだな」
「花ちゃんがですか!?」
「あぁ。まあお前のほうが何倍もかわいかったが」
「……やっぱ零さんって、天然タラシだと思う」
　こんな子どもが集まるお菓子コーナーで、なんて恥ずかしいことを平気で言うんだ、零さんってば！
　結局、直人にオススメされたお菓子は売り切れてなかっ

た。仕方なくほかのお菓子を買って帰ることにした。

　家に帰ると「ただいまー」と元気よく家の中に入り、零さんが冷蔵庫に食材を詰めてくれた。
「零さん荷物持ちありがとうございました」
「礼言われるほどのことじゃねーよ」
　そんなこと言われても。逆に何回お礼言っても足りないような気がする。
　だって、買い物カゴ持ってくれたり、転びそうになった私を助けてくれたり、買った荷物持ってくれたり。
　今日は零さんを使ってばっかりだ私……。
　こんなイケメンをこき使って、なんか私、悪い人みたい。
「零さん……なにか手伝ってほしいことないですか？」
「とくにねーな」
「じゃあ疲れた体にマッサージでも……」
「いや、いい」
　ガーン。完全に必要とされてない。
　このままじゃあ零さんの彼女として……女としての立場が危ないような気がする！
「ぜ……零さん」
「今度はな……ん……」
　しゃべると同時に振り向く零さんに。今だ！と、私からキスしてみた。
　短いキスはちょっとだけ物足りなく感じるけど、私の心臓が爆発しそうなのですぐに離れた。

「えへへ」
「……」
「あれ……? 零さ……って、わあ!!」
　ドサッとなぜか勢いよく倒される。
　手に。鎖骨に。首に。いろんな場所にキスしてくる零さんに。恥ずかしくなって目がぐるぐると回り始める。
「零さん! なにしてるんですかっ」
「なにって、キスだろ」
「そういうこと聞いてるんじゃなくて」
　零さんの胸板を押しても、キスはやめてくれない。
　それどころか。
「煽ったお前が悪い」と、ニヤリといつもより悪い顔して笑う彼は本物の悪魔だ。
「あぁー!! 零さんのバカぁー!!」
「ベッドな」
「意味わかんない!! 下ろしてー!!」
　お姫様抱っこされて、寝室に向かう。
　涙目で零さんを叩くけど、そんなの彼には通用しない。
　この日ひと晩中抱かれ、恥ずかしさでいろいろとなにかを失ったような気がした。
　そして日曜日もまた。ベタベタとくっついてくる彼。
　最近ツンデレの"ツン"のほうが多かったのに。
　なぜか今日はデレデレで、私の心臓がいろいろともたない……。
　月曜日になると。零さんのせいで完全に寝不足の朝を迎

え、目の下にクマができていた。
　学校で、そのクマを見た直人がひと言。
「朝日、お前ただでさえブスなのにもっとブスになってるぞ」
「はあ!?　直人最低!　朝一番に『おはよう』じゃなくて『ブス』って失礼すぎない!?」
「いやマジで……ブ……ふげぇ!?」
　また『ブス』って言われそうになったから。とりあえずカバンから出した教科書で頭を叩いた。
「ひでー……ブスのくせに凶暴とか、最悪じゃねーか」
「そっちこそ!　私に振られたからって、前より態度ひどいんじゃないの?」
「はあ!?　それとこれとは関係ないだろ!　朝日のバーカ!!　ブース!!」
「あー!!　また言った!　もう直人なんか知らないよバカぁー」
　私たちの子どもじみた喧嘩にクラスメイトもあきれ顔。
　憎まれ口叩かれて、怒って追いかけて追いかけられたり。
　まるで中学の頃に戻ったみたいで楽しかった。

　その日の昼休み。
　あーんと大きな口で、大好きな卵焼きを食べようとしていたときだった。
「加島って子、いる?」
　みんなお弁当食べてるのに、教室に堂々と入ってきて私

を呼ぶ女の人。
　見たことない顔。呼び捨てにするぐらいだから、たぶん３年生だろうと。
　ビックリして、食べようとした卵焼きが箸からポロッと落ちたけど、無事お弁当箱でキャッチした。
「あっ……あの私ですが」
「ちょっと来な」
「え？　あ……はい」
　手なんか挙げて、バカ正直に「私ですが」なんて言わなければよかった。
　これって呼び出されて体育館裏で、なにかされるっていうお決まりのパターンなんじゃないの!?
　行きたくない……。すっごく行きたくない。
　けど。
　ため息をつき、弁当箱をハンカチで縛って、嫌々行くことに。
「……おい朝日、お前なんか悪いことしたのか？」
　男子の輪の中でお弁当を食べていた直人が、いつの間にか私の目の前に立って、眉を下げながら話しかけてきた。
「全然……ただでさえ目立たないように学校生活過ごしてるのに。まさか先輩から呼び出しくらう日がくるとは……"先輩"といっても、私にとっては見覚えのない、ただの女なんだけど」
「行かなくていいんじゃねーか？　どう考えてもお前ひとりとか危ないだろ」

「私だって行きたくないよ」
「じゃあ行くなよ」
「それじゃあもっと怒られちゃうよ」
　見るからに泣きそうな私に「俺も一緒に……」と言おうとした直人の言葉を、その上級生の女が「早くしなさいよ」とさえぎった。
「それじゃあ、またあとでね直人」
「おい朝日‼」
　呼びとめる直人に背中を向け、女についていく。
　嫌だなー……。私なんか悪いことしたっけ？
　いや、そもそも学校であんまり人と関わらないのに、上級生の女なんかもっと知ってるわけがない。
　ていうか、思ったとおり。連れてこられた場所が本当に体育館裏なんて。
　しかも３人のギャルが待ち構えてるし。
　私をこの場所に連れてきた女含めて合計４人。
　ただならぬ空気に、やっぱり暴力とか振るわれちゃうのかな？と、心臓がバクバク鳴っている。
　私をこの場に連れてきた女が口を開いた。
「なんでここに連れてこられたか、わかる？」
　低い声でそう言われて。
　思わず「知らないよ！」と答えそうになった。
　いやいや……呼び出したのはそっちのくせに。
　こっちが呼び出された理由知っててどうするの。
「知らないです……」

憤りにも似た感情をぐっとこらえて静かに答える。
「ふーん、あれだけ文化祭目立つことしておいて、知らないんだ？」
「！？」
　ゾロゾロと４人で私を囲む。
　文化祭!?ってことはもしかして零さん関係？
「なにかわかったみたいね」
「つーか、２年が３年より目立つってどういうことよ。私らもう卒業なのに」
「ブスとか地味な男とかだったら全然OKだったよ？　べつに誰も見ねーし。でもお前の場合、あんなイケメン連れてきて、あたしらよりたいして顔いいわけじゃないくせにムカつくんだよね」
「そーそー！　だ・か・ら」
　さっきの女が急に私のスカートの中ポケットに手を突っ込んで、入っていたスマホを奪った。
「ちょっ！　なに勝手に取ってるんです!!」
「あんたの彼氏の連絡先教えてもらおうと思ってー」
　いきなり人からスマホ奪って、それで零さんに電話？
　年上だからってさっきからやりたい放題……ほんとムカつく。
「そうそう！　あんないい男見たら欲しくなっちゃうでしょ？　女なら」
「どうせあんたにはもったいないんだし、あたしらの誰かひとりがあの人の彼女になることにしたの」

「つーか身のほど知れって」
　キャハハと長い爪を立てながら、勝手に私のスマホの電源を入れようとするから。
「返して！」と、女の手から取り返そうとするけど、その手を振りまわされてなかなか思うようにいかない。
　勝手に零さんの彼女になるとか言ってバカみたい！　たとえ私のスマホで零さんの連絡先知ったとしても。
　零さんが知らない番号からの着信を取るわけないし。
　そもそもこんな女。零さんのいちばん嫌いなタイプなんだからっ！
「身のほどを……」
「はあ？」
「身のほどを知ったほうがいいのは、先輩たちのほうなんじゃないんですか!?」
「はあ!?　なにコイツ生意気!!!」
　零さんの顔しか見てないくせに。
　零さんの女になれると思ってるほうが身のほど知らずだよ!!
　先輩後輩なんて立場、今は関係ない。
　言い返した私、自分でも少しカッコいいと思って感動していたのに。
　今にも、その長ーい爪がある手で叩かれそうになるから。
　さすがに怖くなって目をつぶると。
「先輩たち、なにしてんすか」と、聞き慣れた声が後ろから聞こえてきた。

「直人！」
　まるでヒーローのように現れた幼なじみ。
　叩こうとした女も、直人の登場によって手を引っ込めた。
「先輩、そのスマホ朝日のなんで返してもらっていいですか？」
「はあー？　なに？　あんたに関係ないじゃ……」
「先輩たちが朝日にしたこと、スマホで撮ってたんで……返さないなら、この動画先生に見せちゃいます。見せちゃってもいいんですよね？」
「なっ!?」
　直人が女の顔にスマホを近づけると。
　私と彼女たちのさっきまでのやり取りが、直人のスマホに動画として残っていた。
「卒業を控えてる先輩たちなら、これがバレたらやばいって知ってますよね？」
「……っ！」
「バラされたくなかったら、ほら返せよ」
　急に低くなる声に、怖くなったのか先輩たちが直人の差し出した手にスマホを渡した。
「ほら、朝日スマホ」
「……っと！」
　軽く投げられたスマホが、直人の素晴らしいコントロールによって私の手に。
「い……行こ!!」
「うん!!」

バタバタと逃げる先輩たち。
　最後くらい、謝っていけばいいのに……。
　まあ、そんなこと言う勇気、さすがにないけどね。
「直人ありがとね！」
「本当にバカかお前！　あれだけ止めたのに、結局めんどくせーことになってんじゃねーか」
「だっ……だって……呼び出される理由なんかなかったから、なにか誤解されてると思ったんだもん」
　強がってたけどやっぱり上級生って怖いじゃん。
　まあ上級生相手に一歩も引かない直人のほうが何倍も怖かったけど。
「と……とりあえず教室戻ろうか」
「そうだな」
　もう用がないこの場所にいてもしょうがないし。
　それに。
　私は無駄にしてしまった残り少ないお昼時間でお弁当を食べなきゃだし。
　こんなグゥーって鳴ってるお腹で、午後の授業なんか受けられないよ。
「もう最悪だよー！　あの人たちのせいでお弁当食べる時間減っちゃったし」
「ほんと迷惑な先輩たちだよなー……俺なら呼び出しくらっても飯食ってから行くわ」
「そりゃあ直人は生意気だからできるけど……」
「あぁん!?　お前、助けてやったのに生意気とはなんだ

よ!!」
「いや、だって本当のことじゃん……って、あぁ!?」
　突然叫ぶ私に、直人が肩をビクッと震わせる。
「なんだよ急に!!」と騒ぐ直人の口をあわてて手でふさい
で。この場から少し離れたところまで走って、ピタッと止
まった。
「ぷはっ……!　お前俺の口ふさぎながら走るとか、息で
きねーじゃねーか!!　酸欠で死ぬわ」
「しぃー!!　ちょっと静かにして」
「はぁー!?」
「ほら……さっき通ろうとしたところに花ちゃんが」
「花ちゃんって……冴木のことだよな?」
「そう!　ほら見て!!　告白されてる」
「えっ!?　マジ!?」
　私の指さすほうを見て、「……マジかよ」と目を丸くし
ながらつぶやく直人。
　花ちゃんが告白されてる相手は、どうやら３年生っぽい。
　ふたりっきりってことは、たぶん呼び出されたんだろう
けど。
　私のときとは違う呼び出し内容で、正直泣きたくなった。
「それにしても冴木の奴、３年生から告白されるとかすげぇ
な」
「しかもけっこうカッコいい人からだよ?　花ちゃんにも
ついに彼氏が……」
「冴木に彼氏できたら、男どもほとんど泣くだろうな……」

「えっ？　なんで」
「はぁ？　なんでって……冴木めっちゃモテるぞ。俺らのクラスの奴らも、ほとんど冴木のこと好きだし」
「えっ!?　花ちゃんすご───い！」
「ばっ……！　静かにしろよ、お前」
　今度は直人が私の口をふさぐ。
　すごい。すごい。すご───い!!
　花ちゃんそんなモテモテだったんだ。
　恋愛とか興味なかったから、全然気づかなかったけど。
　そりゃあそうだよね！　だって花ちゃんものすごくかわいいもん!!
　さすがに苦しくなって、私の口をふさいでいる直人の手を叩く。
「ぷはーっ」と、やっと吸えた空気に涙目になりながら再び花ちゃんたちに目を向けると、もう男の人はいなくなっていた。
「あっ……あれ？　なんで花ちゃんひとりしかいないの？」
「マジか……冴木の奴」
「えっえっ、どうなったの花ちゃん」
「あの様子だと、たぶん振ったな」
「えっ、なんで!?」
「なんでって言われても……お辞儀してたし、普通両想いだったらふたりでどっか行くけど、冴木ひとりあっちに残ってるだろ」
　たしかに。さすが直人だ。

意外と冷静に見てるんだね人のこと。
「でも……たしか花ちゃん今まで彼氏できたことないよね？　モテるのになんでだろう？」
「さあな。単純に興味ないんじゃねーの。つーかお前、弁当食べなくていいのかよ？　もう残り少ないぞ休み時間」
「あぁ!?」
"弁当"と直人の口から聞こえて思わず叫んでしまった。
　そのせいで少し離れた花ちゃんにも叫び声が聞こえてたみたい。
　恥ずかしそうにこちらを見ていた。
「もう！　直人のせいでバレちゃったじゃん」
「はあ!?　なんでも人のせいにするなよ！　せっかく人が弁当のこと教えてやったのに」
「どのみち食べれないよ、こんな短い時間で!!!!」
　朝早く作ったお弁当が無駄になってしまったことに泣きそう。
　でも今はそんなことより、花ちゃんが告白されていたところを見ていたことがバレてしまい。
　ふたりで気まずそうに花ちゃんへと近づいた。
「は……花ちゃんやっほー」
「さっ……冴木やっほー」
「朝日ちゃんと大久君……もしかして見てたの？」
　こくりと、直人と一緒にうなずくと、赤い花ちゃんの顔がさらに赤くなる。
「いや、見るつもりはなかったの！　たまたま通ろうとし

た道に、花ちゃんたちがいてね……それで思わず」
「……そっか」
「あっでもさすが花ちゃんだね！　あんなカッコいい人から告白されるなんて!!」
「いや、どう見てもお前の彼氏のほうが何倍もカッコいいじゃん。ムカつくけど」
　直人の素直な言葉に思わず鼻の下が長くなる。
　当たり前じゃん！
　この世に零さんを超えるカッコいい人なんかいません！
「って……零さん褒めてどうすんのよ！　花ちゃんもしかして今までけっこう告白とかされてた!?」
　恋愛話に突っ込む私に、花ちゃんは赤い顔でゆっくりとうなずいた。
　そしてそのうなずきに、なぜかショックを受けてしまう。
　私の知らない間に花ちゃんが告白されていたなんて。
「付き合おうとは思わなかったの？」
「うん、付き合うなら本当に好きになった人がいい」
「は……花ちゃんかわいい!!」
　ギュッと突然花ちゃんを抱きしめる私。
　こんな子がモテないほうがおかしいもんね！　私も男だったら惚れてたかもしれない。
「おい、そろそろ休み時間終わるぞ。教室戻ろうぜ」
「あっうん！　花ちゃんも行こ」
「うん」
　3人で歩いて、花ちゃんと私たちそれぞれの教室へと

戻った。
　それから残りの授業を全部受けて、放課後。
　下駄箱で靴を履いているときだった。
　花ちゃんに声をかけられた。
「あっ朝日ちゃん！」
「あっ花ちゃん。どうしたの？」
「あの……久しぶりに一緒に帰りたいなーって」
「うん!!　一緒に帰ろ」
　今日は零さん、帰りが少し遅くなるって言ってたし迎えにこれないから、ちょうどよかった！
　それに花ちゃんと久しぶりに一緒に帰れるとかうれしいなー!!
　花ちゃんとは積もる話が多すぎて、下駄箱のところから校門を出るまで、気がつくとほとんどひとりでしゃべりっぱなしだった。そんな私を見て優しく笑う花ちゃん。
「ふふっ、やっぱり朝日ちゃんはおもしろいね！　私自分のクラスでおしゃべりする相手いないからつまんなくて」
「ええ!?　花ちゃんかわいいしいい子なのに……かわいすぎてしゃべれないのかな？」
「ううん、たぶんクラスでいちばん目立ってる子の好きな人に私が告白されたからだと思う。告白された次の日から話しかけても無視されるようになっちゃって……」
「はあ!?　なにそれひどい」
　そんなの花ちゃん全然悪くないじゃん。
　ていうか、花ちゃんでもそういう悩みあったなんて。

これまた意外だ。
「でも私も友達少ないよ！　クラスでしゃべるの直人ぐらいだし」
「朝日ちゃん中学の頃友達多かったのに」
「うーん、でも親のこともいろいろあったし……私が暗くなってたらいつの間にか人も離れていっちゃった」
　ハハッと出る乾(かわ)いた笑い。
　前まで孤独に感じてたけど、今は正直そうでもないかな。
　心の居場所ができたし、人って好きな人とか好きなこと見つけるとけっこう精神的に強くなれることを知ったし。
「ふふっ……でも今の朝日ちゃんすっごくいい顔してるよね」
「えっ、そうかな」
「うん！　前もかわいかったけど……今はもっとかわいくなったっていうか。正直うらやましいな……」
　切なそうに目を下に向ける花ちゃん。
　私はそれを見逃さなかった。
「……花ちゃん、もしかしてなにかあったの？」
「えっ」
「いや、私の勘違いだったらごめんね……」
　信号が赤になるとふたり同時に、沈黙(ちんもく)。
　自分の足も、他人の足も止まり、靴音がなくなると気まずさが強まった。
「あっ……ごめん、花ちゃん変なこと聞いて！　べつに言わなくてもいいから」

「違うの! ごめん朝日ちゃん! 実は相談したいことがあって一緒に帰ろうって誘ったの」
「えっ?」
「ちょっと外だと話しにくいし、どっかお店寄らない?」
「うん……あっ! お店より私の家のほうがいいんじゃないかな? 人に聞かれたらまずいことも聞かれないし」
「ありがとう朝日ちゃん」
「いえいえ! そうと決まれば早速行きましょうか!」
　信号が赤になると、花ちゃんの手を握った。
　少しでも花ちゃんの力になりたい。不安を取り除いてあげたい。
　そんな気持ちが私を足早にさせた。

　学校を出て数分後、私たちは家に到着した。
「お邪魔します」
「どーぞ!! 少し散らかってるけど」
　散らかってる、そう思って見た家の中はピカピカと光るぐらい綺麗だった。
「全然散らかってないよ! むしろすっごく綺麗!! 掃除(そうじ)好きなの?」
「あっうん! 掃除はやるけど……たぶんここまで完璧(かんぺき)に綺麗にしたのって」
　零さんだよね、いや零さんしかいない。
「……? どうかしたの朝日ちゃん」
「ううん! なんでもないよ!! ささっ座って座って。

あっ、オレンジジュースとお茶どっち飲む？」
「じゃあ、お茶でお願いします！」
　頼まれたお茶を冷蔵庫から取り出してコップに注いだ。
　花ちゃんにコップを渡すと、私もイスへと座る。
　そしてさっきまでゆるんでいた空気も、ピリッとした真剣な空気へと一変した。
「えーっと……実はね旅行に行ってたって話したでしょ？　スーパーで」
「あっうん！　言ってたね」
「その旅行なんだけど……実は２ヶ月前ぐらいにお母さんがアメリカの人と再婚してね。それでその新しくできたお義父さんのご両親のところに遊びにいってて……」
「ええ!?　花ちゃんのお母さん再婚したの!?」
「うん……私に内緒でけっこう長く付き合ってたみたい。それでその……あっちのほうにも連れ子がいて……13歳の女の子なんだけど」
「なんか気まずいね」
「そうなの!!」
　急に大きな声を出して、イスから立ち上がった花ちゃんに驚いた。
　花ちゃんは恥ずかしそうに、またイスへとお尻を戻す。
「っと、取り乱しちゃってごめんね。それでね、お母さんがその子が小さいからその子のことばっか甘やかして私のほう見てくれないの」
「……」

「べつにもう高校生だからって……わかってはいるんだけど、なんで自分の子どもより他人の子どもにばっか優しくするんだろうって、自分の心が最近汚く思えてきて、あの家にいるのがつらいの」

　家にいるのがつらいって。相当追い込まれてるよね。

「でもそれって普通の感情だよ？　全然汚くなんかないよ」

「……」

「私も嫌だもん……もしお母さんかお父さんが、違う人と再婚して、その再婚相手の子どもしか見てくれなかったら」

「……」

「高校生とか関係ないよ……だって親は親だし、親からしてみれば、自分の子どもはずーっと子どものままなんだから」

「ねっ？」と首をかしげて笑う私に。花ちゃんの目からポロッと涙がこぼれ落ちた。

「うっ……ぐす……やっぱり朝日ちゃんに相談してよかった……そう言ってもらえるだけですっごく気が楽になった」

「あはは、それはよかった」

「でもやっぱなんか帰りたくないなー……」

「もしよかったら、今日泊まっていく？」

「えっいいの!?」

　さっきまで落ち込んでいた花ちゃんの顔が、いつものかわいい顔に戻るから。ずっとその顔でいてほしい。

「うん！　花ちゃんのお母さんだって、1日花ちゃんが家

にいないだけで寂しがるかもよ」
「うーん……そうかな?」
「そうだよ」
　だって花ちゃんのお母さん、けっこう心配性なんだよ。
　私たちが中学の頃なんか、花ちゃんに内緒で。
『花と仲よくしてくれてありがとね』って何回も会うたび言われたし。
「ってことで! 今日は泊まっていきなさーいって……あっ!!」
　なにも考えずに花ちゃんを泊まらせようとした私は、ひとつ、大事なことを思い出した。
　お茶でひと息ついている花ちゃんの横顔を見る。
「花ちゃん」
「ん? どうしたの朝日ちゃん」
「あの……実はスーパーで私と一緒にいた人覚えてる?」
「あっ! 朝日ちゃんの彼氏……たしか零さん? だっけ?」
「そう!……実は私……零さんと一緒に暮らしてるの」
「えっ!?」
　突然の爆弾発言に、花ちゃんの大きな声が家中に響きわたる。
　今まで友達として長い間付き合ってきたけどこんな大きな声を出す花ちゃん、初めて見た。
　ていうか耳が痛い……。
「なんでそんな大事なこと早く言わないの!? 私邪魔だし

やっぱり帰るよ!!」
「いやいや!!　大丈夫だよ帰らなくて!　泊まってて最初に言ったの私だし」
「でも……」
　帰る準備をする花ちゃんの服の袖を引っ張る。
　そりゃあ零さんとふたりでラブラブしたいけど、花ちゃんのことだって心配だもん。
　でも花ちゃんもけっこう強情で、帰ろうとするから掴んでいる花ちゃんの袖を離さないでいると、ガチャっと家のドアが開いた音がした。
　そして。
「おい朝日帰っ……」
　零さんがリビングに来て、花ちゃんの姿に言いかけてた言葉が止まる。
　でもとくに焦る様子もない零さん。焦るどころか。
「どうも」なんて、無表情で花ちゃんに挨拶してるし。
　なんか零さんが挨拶なんて新鮮すぎて笑えてくる。
「あの……お邪魔してます」
「あぁ……」
　とくに会話のないふたりの間にできる、謎の気まずさに。
　私はこの空気を破るようにパンッ!!と手を叩いた。
「ぜ……零さん!　今日花ちゃん泊まるから」
「あぁ」
　いつもの零さんの返事。そう、いつもの零さんなんだけど。花ちゃんにはそれが冷たく見えたらしくて。

完全に肩をビクビクと震わせて怖がっている。
「あ……朝日ちゃん……やっぱり私帰ったほうが」
「違うの！　あの人いつもああだから」
「誰が"あの人"だ朝日」
「ちがっ！」
　泣きそうな花ちゃんに。
"あの人"呼ばわりされたのが相当嫌だったのか怒る零さん。
　ごちゃ混ぜな空気に頭がおかしくなりそう。やっと花ちゃんを説得して泊まらせることに成功した。
　……ていうか、助けるつもりで泊まらせようとしてるのに。これじゃあ無理やりみたいで意味ないじゃんと気づいたときは、ご飯を作ってる最中だったのですでに遅かった。

嫌な予感

ギューっと私にべったりくっつく零さんと。
　ぎゅーっと私にべったりくっつく花ちゃん。
　そんなふたりに挟まれて座るソファは、なんだか気まずい。
「花ちゃんアイス食べる？」
「朝日ちゃんが食べるなら……」
「零さんは？」
「俺はコーヒー」
「はーい」
　アイスとコーヒーを取りにキッチンへと向かう。
　私が立ち上がったせいで真ん中がぽっかりと……ソファがさっきよりも、何倍も気まずい状況になっていた。
　たしかに零さんって、話しかけないとしゃべらないタイプだし、花ちゃんは人見知り激しいタイプだし。
　どっちもワイワイ話すタイプじゃないから難しいよね。
　こんなとき、直人のあのバカな笑顔が恋しくなってくる。
　冷え冷えの冷凍庫を開け、絶対残していたと思ってたアイスが1個も入ってなかった。
　あれ？　どうしよう、アイスがない!!
　やだやだやだアイス食べたいのに!?
　時計を見ると、まだ夜の8時。
　これなら近くのコンビニに行けそうだと、テーブルに置いてある財布を手にする。
「零さん花ちゃん、アイス買いにいってくるね」
「ちょっ……朝日ちゃん!!」

バタバタと焦りながら、花ちゃんが私の洋服を子どもみたいにギューッと掴むと小声でしゃべり始めた。
「やだやだ朝日ちゃん！　私男の人とふたりって緊張するから嫌だよ！　私も一緒に行きたい」
「でもすぐ近くだし」
　それに花ちゃんには零さんがすっごくいい人だってわかってもらいたい。
　意地でも服を離そうとしない花ちゃんをズルズルと引きずって玄関で靴を履いてるとき、ようやく離してくれた。
　そして後ろからも零さんが心配して玄関までついてくる。
「こんな夜に危ないだろ」
「大丈夫ですよ？　すぐ近くだし！　それに何回もひとりで行ってるんで大丈夫です！」
「……なんかあったら電話しろ」
「はーい!!　それじゃあ花ちゃんいってきまーす」
「あっ……朝日ちゃん」
　花ちゃんの呼びとめる声を無視しながら外に出た。
　すっごく嫌そうにしていた花ちゃんを零さんとふたりっきりにするなんて。正直、なんだかおもしろそうとクスクス笑う私は、我ながらひどい友達だと思う。
　数分歩いて着くコンビニ。
　アイスコーナーで即行選び終わったアイスを買おうとしたとき、雑誌コーナーで見慣れた人物が、立ち読みをしていた。

あれはもしや……。
「なーおと！」
　声をかけたら、ビクッと背中が少し動く。
「あっ朝日!?　アイツも一緒か!?」
　読んでいた雑誌を盾にしながら急に構えだす直人。
「残念ながら零さんはいないよ」
「ほっ……なんだ、よかったぜ。ひとりで買い物か？」
「うん！　アイス買いにきたの!!　直人も買い物かなんか？」
「いや、俺は友達の家からの帰りに、たまたまコンビニ寄って、最新号の漫画雑誌買おうか迷ってるだけ」
「へぇー」
「ところで朝日、アイスってあの男もアイス食べるのか？　しかもイチゴ味なんてふたつかわいいの持ちやがって……ぷぷっアイツに似合わねー」
　ケラケラと、イチゴ味のアイスを食べる零さんを想像して笑う直人はけっこう失礼な奴だ。
「違うよ！　これは零さんのじゃなくて花ちゃんの」
「はあ!?　冴木!??」
「うん」
　急にキョロキョロとコンビニ内を見渡す直人。
「冴木……いないじゃん」
「えへへ！　実はね、ちょっとおもしろいことになってて!!　花ちゃんと零さんふたりっきりにしてきた」
「はあ!?」

コンビニで流れている音楽の音に負けないくらい。
　直人の声がうるさく目立つから、一緒にいる私が恥ずかしい。
「直人声でかいよ‼」
「お前本当にバカすぎだろ⁉　いや大バカだ」
「えっ⁉」
「さっさと帰れ！」
「えっ？　なんで」
　全然直人の言ってることの意味がわからない。
　はてなマークが頭の上でいっぱい飛んでは、直人が大きなため息をつく。
「お前な……よく考えてみろよ。女と男がふたりっきりだぞ？」
「うん？」
「お前は友達は友達、彼氏は彼氏って区切ってるかもしれないけど。あっちからしてみれば、男と女だ。しかも関わりがないから余計意識するだろ」
「……」
「まあ、たとえばの話だけど、あの男がお前の彼氏だって自覚があったとしても冴木のほうは違うかもな」
「えっ」
「お前がふたりっきりにしたせいで近づく距離っていうのもあるんじゃねーか？」
　今にも溶けだしそうなアイスを片手に、直人の言葉に目を見開く。

男……女……。そんなこと全然考えてなかった。
　ただ単純に仲よくなってほしいなーって……うん。
　よくよく考えてみれば、直人の言うとおり。仲よくなりすぎても困るよ。だって花ちゃんかわいいし。
　もし花ちゃんが零さんを好きになったりなんかしたら……。
「……私帰るね」
「お、おう」
　急いで会計をすませて、家へと戻る。
　ものすごく不安だ。
　なんでこの状況を楽しんでいたのか、今になって意味不明すぎる。直人の言うとおり、ただのバカだ私。
　全速力で走って、いつもより短時間で家に着く。
　ドックン。ドックン……と。
　脈打つこの音は、走ったせいか、それとも直人に言われた言葉のせいなのか。
　どっちにしろ今は関係ない。
　私は「ただいまー」と小さな声で家に入ると。
　すぐにリビングに入った。
　すると。
「あはは！　それでそのとき朝日ちゃんが……」
「昔からドジなんだなアイツ」
　楽しそうに笑い合うふたりの姿が目に映る。
　ドサッと、アイスの入ってるレジ袋を手から落としてしまった。

そしてその音でふたりがこちらに気づく。
「……あっ」
「あー！　朝日ちゃんおかえり？　遅かったね」
「電話も取らねーで、心配させんな」
　普通の反応のふたりにホッと胸をなでおろすけど。
　なぜか、まだどこかでザワザワと胸の奥のへんが気持ち悪い。
「朝日？」
「朝日ちゃん？」
　心配してふたりが私の顔をのぞき込む。
　大丈夫……。零さんと花ちゃんに限って、そんなことあるわけない。直人の言葉に、ちょっと動揺してるだけ。
　何回も何回も大丈夫だと、自分に言い聞かせ落としたレジ袋を拾って顔を上げた。
「いや？　コンビニで直人に会って話盛り上がっちゃって」
「えっ大久君が？　家こっちからだと少し距離あるよね？」
「うん、遊んだ帰りらしいよ」
　冷凍庫に溶け始めてるアイスを入れながら、会話を続ける。
　よく見たら、やっぱりかわいい花ちゃん。
　零さんとふたり並んだら、なんかお似合いだし。
　って！　さっきからネガティブすぎるよ私!!
　零さんは私の彼氏で。花ちゃんは友達なんだから。
　私がこんなふうに考えたら、逆にふたりに失礼だよ。
「あっ、零さん今コーヒー入れ……」

「あぁ、花に入れてもらったから大丈夫だ」
「えっ?」
　今、"花"って名前で呼んだ……?　それにコーヒー入れたって。
「けっこううまいな、コーヒー入れるの」
「えへへ、いつもお母さんに入れてあげてるので!」
「そうか」
　得意気な花ちゃんに、優しく答える零さん。
　なんだろう……胸が痛い。
　今までこんな痛み味わったことなんかないのに……。
　それに心の奥に、なんだか黒い感情が芽生え始めてきてるような。
　気のせいだと思いたいのに。気のせいだと思えない。
　だってこんなにも……。
「でね、朝日ちゃん!　さっき私ドジっちゃってね……コーヒーこぼしちゃったの。そしたらヤケドしちゃって」
「えっ?　大丈夫??」
「うん!　すぐに零さんが手当てしてくれたから!」
　花ちゃんの指先に、器用に貼られてる絆創膏。
　ふたりが近い距離で接していたなんて想像しただけでも泣いてしまいそうだ。
　これがヤキモチだってこと。自分でも自覚してる。
　自覚してるからこそ。
　なんでふたりっきりにしちゃったんだろうって、今さら後悔しても遅いことくらいわかってる。

「朝日どうした？」
　しかも、こんなときに限っていつも優しい零さんの声が、もっと優しく聞こえてくるからつらいよバカ。
「……なんでもないです」
　ぷいっと、そっぽを向く。
　花ちゃんの傷を優しく手当てしたその手で触られたくない。
　今は零さんに触られたくないの。
　シーンと、私のせいで空気がおかしくなる。
　自分でこんな空気にしておいて、不機嫌な態度をとるから零さんも花ちゃんもあきれてるに違いない。
　また少し、胸のあたりが気持ち悪くなって手をあてると。
　そんな私を心配そうに見つめていた花ちゃんが私に近づいて。
　──ガッ。
「きゃっ……！」
　つまずく彼女はか弱くてまるでどこかのプリンセスのよう。
　やっぱ王子様は助けちゃうみたい。
　零さんがつまずいた花ちゃんを、綺麗に受け止めた。
「大丈夫か？」
「あっ、はい……すみません！」
　カァ……っと顔を、いつにも増して赤く染める花ちゃんは、きっと受けとめてくれた零さんの体に密着して照れたからなんだろうけど。

その赤い頬が、今はすっごくイライラしてくる。

普段なら、その場所、私の場所なのに。零さんの腕の中、私の居場所なのに。

ふたりを見ていたら、お似合いすぎてポロッと涙が頬を濡らす。

「……っ!?」

それを見た零さんが目を見開いて、すぐに花ちゃんから離れた。

「……朝日、ちょっと来い」

「やっ……!」

触れようとしてくる零さんの手を、払いのけようとするけど、おかまいなしに腕を掴まれた。

醜いの。嫉妬した自分がすっごく醜いの。

だって友達のこと、イライラするって思っちゃうくらいなんだよ？

掴まれた腕を、振りほどこうにも力でかなうわけなんかなく。

なにがなんだかよくわかってない花ちゃんをひとりリビングに置いて、連れてこられた場所は寝室だった。

「……なに泣いてんだ」

「うぐっ……ひっく」

「つまずいたから、助けてやっただけだろ？」

ポンポンと、子どもをあやすみたいに背中を叩いてくる零さん。

そんなこと、言われなくてもわかってる。わかってるけ

ど。
「ぜ……零さんがっ、はっ花ぢゃんに……ぐすっ……優じぐ……するからっ」
　泣きながらさらす間抜け面。嗚咽(おえつ)と共に、思わず本音が出る。
「お前の友達だから、優しくしてるだけだろ」
「でぇ……でも……ぐずっ」
「お前が仲よくしてほしそうだったから、したんだろうが。ほぼ初対面同士、ふたりっきりにしたお前も悪いだろ」
「……」
「やくぐらいなら、最初っからするな」
「……ごめんなさい」
　零さんの言葉が正論すぎて、謝ることしかできない。
　でも、こんなふうになるとは思ってなかったんだもん。
　今日でハッキリした。
　私以外の女の子に優しくしないでほしい。
　自分がこんなにも心が狭い奴だなんて、初めて知った。
「ほら、泣きやめ」
「うぐっ」
「朝日、俺はお前のもんだ。お前以外に優しくしようとも思わねーし、ほかの女に目を向けるほど心が浮ついてるわけでもねぇ」
「……」
「お前だから好きなんだ、言っている意味わかるだろ？」
　零さんの言葉に、泣きながら必死にうなずいた。

すると、優しい手つきで頭をなでられる。
「わかってるならいいが、今度またなにも考えずに行動してみろ……今度はもっとやかせるからな？」
「……」
「まあ、今日のはちょっと……俺もイライラしたからってやりすぎたな。悪かった」
　謝る零さんが、私の頬に口づけをする。
　涙で濡れた頬は、たぶんしょっぱかったと思う。
「零さん、ごめんなさい」
「もういい。それよりお前の友達ひとり残して逆に悪いな」
「友達って……零さんさっき"花"って名前で呼んで……」
「もう呼ばねーよ」
　その言葉に、思わず顔がゆるむ。
　たぶん零さんは気づいてたんだ。
"花"って名前で呼んだときの、私の胸の痛みを。
　……それにしても。
　いくら、零さんのこと信用してるからって、さすがに彼氏をほかの女とふたりっきりにするなんて無神経すぎたよね。
　だから零さん、あんなに怒ってたんだ。
　もう一度、心の中で『ごめんなさい』と零さんに謝って寝室から出ると、リビングでひとり、花ちゃんが落ち着かない表情でソファに座っていた。
「花ちゃん……！」
「朝日ちゃん、大丈夫？」

「大丈夫だよ……ごめんね突然泣いたりして！」
「ううん私は全然大丈夫だけど……もしかして目にゴミでも入ったの！？」
「えぇ！？」
　……あれ、もしかして花ちゃん。
　私が嫉妬して泣いてたことに気づいてないどころかあの号泣を、ゴミで片づけるとは。恐るべし花ちゃんの鈍さ。
「おい、それより明日学校だろ？　さっさと風呂はいって寝ろ」
　零さんに言われて気づく。すっかり忘れてた。
　明日学校だったんだ。
「花ちゃん、制服のブラウス洗って明日の朝までには着れるようにしとくね」
「ありがとう、あっ、でも着替え持ってないから……」
「私の使ってないパジャマでよければ使って」
「わーいありがとう」
「それじゃあ一緒にお風呂入ろっか！」
「うん！」
　さっきまでの、あの涙はなんだったのか。
　今じゃ普通に花ちゃんとしゃべれてる。
　自分の気持ちも大切にしなきゃと、さっきまで痛かった胸を優しくなでおろした。
　花ちゃんとお風呂に入って、今夜は私の部屋で一緒に寝ることに。

零さんはいつもどおり寝室で寝るんだけど、零さんと離れて寝ると思うと、1日だけでもやっぱり寂しいや。
「それじゃあ、花ちゃん。電気消すよ？」
「うん」
　私の部屋に布団を敷いて、花ちゃんはベッド、私は床で寝た。
「ねぇねぇ、朝日ちゃんはいつから零さんと付き合ってるのー？」
　突然の花ちゃんの恋バナに「ゴホッ！」と咳が出ちゃう。
　花ちゃんでも気になるんだな？。
　あんまり恋バナなんてお互いしてこなかったから、少し違和感を感じる。
「9月からだよ」
「そうなんだ！……でも零さんって高校生じゃないよね？　どこで出会ったの、あんな素敵な人」
「えーっと……」
　こういう場合、出会った場所どうやって答えればいいんだろう？
　それに、なんで花ちゃんは零さんの話題を私に出してくるんだろう。
　しかも素敵な人って今言ったよね？　やっぱりモヤモヤしてくる。
　こんなかわいい子に興味持たれて、零さんだってべつに悪い気はしないだろうし。
「零さんとの出会いは内緒……」

「えっ!? なんで!! すっごく気になる」
「これは私と零さんのふたりだけの秘密ってことで」
「えー! そんなこと言われたら余計気になっちゃうよ?」
　ぎゃあぎゃあと騒ぐ恋バナは、まるで修学旅行みたい。
　花ちゃんには悪いけど、零さんのこと教えたくない。
　だから秘密。秘密なんだ……。
　ウトウトと、まだ花ちゃんがしゃべってるのに途中から意識がなくなっていた。
　泣きすぎて疲れたせいかな?
　朝になって目が覚めると、ベッドで寝ているはずの花ちゃんの姿がなかった。
「……花ちゃん?」
　ガバッ! と勢いよく起き上がり、リビング、トイレに行っても花ちゃんの姿はない。
　でも玄関には、たしかに花ちゃんの茶色のローファーがある。
　もしやと思い"そこへ"と向かうけど考えたくもない。
　寝室のドアを握って、心臓が朝から速い音を体内で奏で、うるさい。
　ガチャッと静かにドアを開ける。
「!?」
　最悪だ。サイアクどころじゃない。
　嘘でしょ……? なんで花ちゃんが零さんの隣で、スヤスヤと眠ってるの?
　昨日、私の部屋で一緒に寝てたじゃん。

なのに。なんで？

目に映るふたりの姿に、胸がズギズギと痛む。

それは直接、私の胸を攻撃するかのような痛み。

今まで味わったことのない、苦しさだった。

「んっ……」

「!?」

突然寝返りを打つ零さん。

すると、寝返ってしまったせいで、零さんの手が花ちゃんの手にあたる。

その、ほんの小さな衝撃で、目がうっすらと開いた零さんがベッドにいる花ちゃんの姿を見て、一気に目を見開いた。

「……はぁ？」

ガバっと起き上がる彼。

そして私と目が合った。

「……朝日」

「ぜ……ろさん」

「……なんでコイツが俺の部屋に」

それはこっちのセリフ。

でも零さんは本当にわかってないみたいで少し安心した。

「零さん……やだっ」

「あさ……っ!?」

零さんが私の元に駆け寄ろうと、ベッドから離れようとしたとき。

突然、しっかりと掴まれる零さんの服。
　それは異様な光景だった。
　だって、普通ならそのポジション私のなんだもん。
　思っちゃいけないのに……花ちゃんのこと、やっぱり"ムカつく"。
　私は、零さんの服を掴んでる花ちゃんの手を離して無理やり体を揺さぶった。
「花ちゃん起きてよ!!」
「ん？　…………あさひ……ちゃん？」
　寝ぼけている彼女。
　いつものかわいい声が、今日は私をイライラさせる。
「……朝日ちゃん起きるの早……ってキャッ!!」
　ぼんやりと、起き上がって零さんを見て今さら反応する花ちゃん。
　みるみるうちに頬が赤くなる。
　そして、数秒して眠気が覚めると同時に花ちゃんが、私の部屋ではなく、零さんのベッドで寝ていることにようやく気づいた。
「えっ……なんで私」
　それはこっちのセリフだよ。
　本人がわかってないってことはたぶん夜中、トイレ行って部屋間違えたとか、そんなとこなんだろうけど。
　花ちゃんのドジも、正直ここまでくると洒落にならない。
「花ちゃん……昨日トイレ行った？」
「あっ……うん、でもちゃんと朝日ちゃんの部屋に戻った

つもりなんだけど……あはは……」
　全然笑えない。だって笑いごとじゃないから。
　だけど、本当になにも覚えていないのか、彼女の頭の上には、はてなマークがいっぱいのようだ。
　だから仕方なく……。今回のことは見なかったことにした。
「……はぁ」
「うぅ……朝日ちゃんごめんね？　私本当になにも」
「わかってるから、言わなくていいよ」
「……うん」
「それより朝ご飯食べよっか？」
「うん……」
　寝室から出る。
　数秒たって、零さんもリビングに顔を出すけどなんだか気まずそうだ。
　でも零さんはいつもどおり寝ていただけなんだから悪くないんだよね。
　だから責められないけど、本当は嫉妬で今にもイライラが爆発しちゃいそうだ。
　さっき許すって決めたんだから、ここはグッとこらえて朝食を作った。
「できたー！」
　作り終えたご飯をテーブルに並べる。
　不機嫌に作ったご飯は私から見たらおいしくなさそうだけど、座っている花ちゃんが横で「わぁー！　おいしそう」

と今にもヨダレをたらしそうだった。
「遠慮せずに食べてね!」
「うん、朝日ちゃんありがとう! いただきまーす」
「零さんも一緒に食べよ」
「あぁ……おい朝日」
「えっ?」
　突然グイッと勢いよく引っ張られて、ストン……っとイスに座らせられる。
「昨日はそいつの横だったんだ。今日は俺の隣に座れ」
「!?」
「……昨日からずっと我慢してんだ……気づけ」
　花ちゃん見てるのに。
　完全にデレデレモードの零さんに、胸の奥がじわりと熱くなる。
「零さんのバカ……バカバカ!! こんなんで機嫌直ると思ったら大間違いなんだから!!……でも好き」
「あぁ? それはこっちのセリフだ。いつも俺と寝てるくせに、ほかの奴と寝やがって」
「もうなによ……! 零さんだって……!」
　ハッと我に返る。
　今私、"花ちゃんと寝たくせに"って口にしようとした。
　あれは花ちゃんのドジであって零さんの責任ではないから零さんは悪くないもん。
　危ない危ないと、冷静になって「いただきます」と目玉焼きを口の中へと。

「それにしても、朝日ちゃんと零さんってすっごくラブラブなんだね！」
「えっ!?」
「だって私が見てるのに気にしないんだもん。昨日、もしかしてずっと気使わせてるんじゃないかって心配してたんだー……」
　花ちゃんの言葉に、よく噛んだ目玉焼きをゴクリと飲み込む。
　たしかに花ちゃんがいるからあんまりラブラブはできなかったけど、泊まらせたのは私だししょうがないよね……。
「あははー……そんなこと気にしないでいいのに……」
「いいなー……」
「えっ？」
　ぽそっと私を見ながらうらやましそうにつぶやく花ちゃん。
　なんだか……胸がざわつく。
「私も彼氏ほしくなってきちゃった」
「花ちゃんならすぐできるんじゃないかな？　昨日も告白されてたし」
「ううん、ああいう人じゃなくて……私も朝日ちゃんみたいな」
　その言葉の続きをいつまでたっても言わない花ちゃんの視線は、完全に零さんに向いていた。
　やばい。

これってもしかして、もしかするかもしれない。
　花ちゃん……零さんのこと好きになっちゃったとか？
　いやいや、そもそも好きになる瞬間とかなかった……ような気がしなくもない。
　男慣れしてない花ちゃんに。
　零さんみたいな人はすっごく新鮮だったと思うし、それに昨日、転びそうになったところを助けてもらったり……こんなカッコいい人に助けてもらったりなんかしたら、惚れてもおかしくないような気がする。
　考えたくもないことを考え、おかしくなりそうなほどうるさく鳴りつづけている鼓動を落ち着かせるため、冷たいお茶を飲んだ。
　なんだか急に、ご飯の味がわからなくなった……けど。
　なんとか食べ終え、学校の準備をした。
　そして玄関で靴を履く。
「それじゃあ零さん、いってきます」
「あぁ、終わったら連絡しろ」
「はい」
　もう家から出るっていうのに、花ちゃんの視線はまだ零さんにある。
　……ダメだ。またイライラしてきた。
　もう少し空気を読んでほしい。でも花ちゃんだから仕方ない、わざとやってるわけじゃないから。
　ガチャっとドアを開けて家から出ると、花ちゃんは機嫌よく私の隣を歩く。

「ふふっ……朝日ちゃんの家楽しかったなー」
「そっか、よかった」
「またお泊まり来てもいい？」
「……いいよ」

　本当は嫌だったけど"嫌だ"なんて言えるわけないじゃん。

　そう思ってしまう私は、最低なのかもしれない。

　こうして、波乱のお泊まりも無事？終わり、学校では普通に授業を全部受けて、帰宅。

　家では、私のほうが怒りたいのに、なぜか零さんのほうがイライラしていた。

「なんなんだあの女は」
「……なんなんだと言われましても」
「わざと人を怒らせる行動、とってるようにしか見えねーだろ」

　……ごもっともです。

　さすがに昨日と今日の花ちゃんは、空気読めなすぎるよね。

　私と零さんが恋人だってわかってるくせに、零さんに気ある雰囲気出しちゃってさ。

　ソファで気だるそうに座る零さんは本当に疲れていた。
「あっ……零さんコーヒー飲みます？」

　昨日花ちゃんがコーヒーを入れて、『うまいな』って素直に口にしてた零さん。

負けたくないから意地になる。けど、グイッと引っ張られて、なぜか零さんの膝の上に乗る状態に。
「コーヒーよりお前のほうがいい」
「零さ……んっ！」
　チュッとキスされて、それから大人のキスへと。
　荒い息に、乱れる、全部が。
　くらりくらりと、昨日1日してないだけで久しぶりに感じてしまうキスはいつもよりなんだか甘さを含んでいた。
「はぁ……はぁ……」
「エロいな」
「はい!?」
「褒め言葉だ」
　それのどこが褒め言葉なのか。
　言われてもあんまりうれしくない言葉に口をとんがらせていると、なぜか零さんの手によって脱がされる服。
「ちょっ！　零さんなにしてるんですか!!」
「はあ？　何回もやっててわかんねーのか？」
「わかるもなにも、今そんな気分じゃ……」
「ほう……お前にも〝そういう気分〟ってやつがあるんだな」
「ちがっ！」
　言葉選びにミスをしてしまった！　でもそんな言葉なんか関係なしに、そのあとめちゃくちゃ抱かれて、今ベッドの中で零さんとふたり。
「うぅ……なんでこうなるの。普通にイチャイチャしたかっただけなのにー……」

「誘ったのはお前だ」
「だから誘ってなんか!!」
　"いない"と言おうとしたのに、ベッドの横に置いてある零さんのスマホの着信音でさえぎられた。
　零さんが電話に出る。
「……なんだ？　あぁ、今からか？
　わかった。あぁ、じゃあな」
　少ない言葉で電話を切ると、零さんがそこらへんに投げてある服を着始めた。
「……仕事ですか？」
「あぁ、酒に酔った客が暴れてるらしい。神崎ひとりでどうにかなる相手だが、アイツ、そういう奴相手にするの嫌いだからな」
「ふ……ふーん」
　シーツに包まりながら、少しだけ拗ねる。
　昨日零さんとラブラブするの我慢してたのに、結局今日もあんまり一緒にいれないんじゃん。
「夜中に帰ってくるが、ちゃんとひとりで寝てろよ」
「べつに、零さんのことなんか待っててあげないもん……」
「そう言って、この前俺が夜中まで帰ってこなかった日、目赤くさせながら起きてたじゃねーか」
　フッと笑う零さん。
　たしかにそんなこともあった気がする。
　次の日寝不足で学校行ったんだっけ……？
「それじゃあ行ってくる。風呂入って、ちゃんと寝ろよ？」

「わかってますよ？！」
「……じゃあな」
　パタンッと、静かに閉まるドアがなんだか寂しくて。
　久しぶりにひとりの夜は、零さんがいないだけでこんなにも変わるなんて……泣きそうなほど寂しいから、お風呂から出てそのまま眠った。

　次の日。
「んっー……」
　いつもの時間に起きて。
　横で眠ってる零さんの存在を確認する。
　夜中まで仕事していたせいか、いつもの時間に零さんが起きない。
　そのまま寝かせておこう。
　零さんと一緒に食べられない朝ご飯はおいしくない。
　だからさっさと準備をすませて、家から出た。
　学校に着いて早々、席に着く前に直人に話しかけられる。
「おーい朝日、冴木がお前のこと捜してたぜ？」
「えっ？」
「お前まだ学校来てなかったから、来たら伝えとくって一応言っておいたから、あとで冴木のクラス行けよな」
「わかった、ありがとう」
　花ちゃん、いったいなんの用だろう？
　とりあえず１限目終わったら花ちゃんのクラスに行ってみよう。

先生がチャイムの音と共に教室に入ってきて、１限目が始まった。

そして、全然先生の話を聞いていなかったせいで、いつの間にか終わってる授業。

すぐに立ち上がって、花ちゃんの教室へと歩いていく。

隣だからすぐだけど……なんかすっごく緊張する。

花ちゃんを呼ぶだけで、こんなに緊張する必要なんかないのに。

それでも、この場で突っ立てるわけにもいかないので、教室のドアに手をかけようとしたとき。

――ガラッ。

向こうからドアが開けられる。

「あっ朝日ちゃん」

「花ちゃん」

「ちょうど今から朝日ちゃんのクラスに行こうとしてたの……よかった！！」

こちらこそ、ちょうど出てきてくれたおかげで花ちゃんたちのクラスに入らなくてすんだよ。

「……それで、花ちゃん私になんの用かな？」

邪魔にならないように、廊下の窓のあるほうへと移動する。

「あっ、えーっとね、これ！」

突然、花ちゃんのスカートのポケットから出された。

綺麗にラッピングされたおいしそうなチョコレート。

「あのね、私間違えて零さんの……その、寝ちゃったで

しょ?」
　言い方に、ちょっとムカッとしたけど。気にせず花ちゃんの話を聞く。
「だからね……零さんに悪いことしちゃったから、お詫びにチョコレート作ったんだけど」
「……」
「零さん、チョコレート食べられるかな?」
　首をかしげながら言う花ちゃん。
　それは悪意を含んでいない、真っ白な気持ちで言ってるんだろうけど。
　……この子、本気でこんなこと言ってるの?
　零さんにお詫び?　なにそれ。
　普通"彼女"の私に対してのお詫びじゃないの?
　意味わかんない。
「……零さん、チョコレート食べれるけど、甘いの苦手だよ?」
　嘘。本当は甘いの大好きだけど。
　でもそんな嘘も、花ちゃんには通用しなかった。
「そうなんだ!　よかった?　そうだろうと思って、甘さ控えめにしてみたの!!」
「……」
「ほら、零さんってカッコいいし、大人のイメージあるから甘いの苦手かなって」
　どんな偏見なのそれ。
　カッコよくても大人でも、普通に甘いの好きな人いるも

ん。零さんとか零さんとか零さんとか。
　でも、今さら甘いほうが好きだよ、なんて言えるわけもなく。
　仕方なく受け取るチョコレート。
「えへへ、喜んでもらえるといいなー!」
「……そうだね」
「朝日ちゃんには今度作るね」
　絶対に渡したくない。
　花ちゃんの笑顔のせいで、持っているチョコレートを握りつぶしたくなったけど、そんなことできるわけがない。
「あっ、そろそろ予鈴鳴っちゃうから、またね朝日ちゃん」
　笑顔と、このチョコレートだけを残して教室へ戻る花ちゃん。
　嫌だ……。なんで私、花ちゃんに零さんを紹介しちゃったんだろう?
　そもそも私が花ちゃんを泊まらせなければ、花ちゃんがこんなに零さんのことを気にする必要も私が嫉妬する必要もなかったのに。
「……嫌い」
　花ちゃんなんか嫌い。
　もう絶対に、花ちゃんを零さんに近づけさせないから。
　こんな感情醜いと思う。
　でも、嫉妬は恋愛にツキモノだとしたらそれは仕方のないことだ。
　だって自分の好きな人や恋人が誰かのモノになるなん

て、考えただけでもゾッとしちゃうもん。
　だから私は綺麗ごとなんか言わない。
　零さんのこと意識してる花ちゃんなんか嫌いだよ。
　溶けてしまえばいいのに、こんなチョコレート。
　溶けて食べられないほどドロドロになっちゃえばいいのに。
　そう願うけど、学校が終わって家に帰っても。
　チョコレートは溶けるどころか、形が崩れることすらなかった。
　……どうしよう。零さんに渡したほうがいいのかな？　いくら嫉妬してるからって人に渡してって頼まれたチョコレートを渡さないなんて、あとで罪悪感を感じそうだ。
　だから素直に、これだけは渡しておこうとテレビを見ている零さんの前に立つ。
「零さん……これ」
「あ？」
「花ちゃんが……零さんにって」
　嫌そうな目でチョコレートを見る零さん。
　べつに私だって好きで渡してるわけじゃないもん。
「……なんで俺に渡すんだ？　こんなもん」
「お泊まりのとき、間違えて寝室に花ちゃんが寝ちゃったでしょ？　そのお詫びらしいよ」
「そうか」
　ため息をついて受け取る零さん。
　なんでもらった側なのに、嫌そうにしてるんだろう？

不思議に思って聞いてみた。
「なんで零さんが嫌そうにするんですか?」
「……当たり前だろ」
「なんで……?」
「なんでって、お前よく考えてみろ。彼女からほかの女の作った物もらってうれしいとでも思うか?」
　よくよく考えてみたら、たしかにそうだ。
　でも嫌だからって、さすがに捨てるわけにも渡さないわけにもいかないし。
「ど……どうしようもなかったんだもん!?」
「そうか」
「絶対あとで私も、花ちゃんよりおいしいチョコレート作って渡しますから」
「それは楽しみにしてる」
　ギューッと零さんに抱きつくと、零さんは私の背中を軽く2回叩いた。
　零さんが彼氏でよかった。
　だって花ちゃんみたいなかわいい子にもなびかないんだもん。
　一途でカッコいい零さんが好き。ううん、全部好き。
「っと、そろそろ仕事行かねーと」
「えっ!?　今日も夜からなんですか?」
「あぁ。悪いが今日も先に寝とけ」
「……」
「拗ねんなよ。その代わり、明日の学校帰りどっか連れてっ

てやるよ」
「本当!?」
「あぁ」
「やった———！」と、夜なのに大声を出し「……うるせぇ」と耳元を手でふさいでいる零さんを、笑顔で玄関まで見送った。
「危ねーから、外には出るなよ……絶対にだ」
「もう！ 子どもじゃないんですからわかってますよ」
「……行ってくる」
「いってらっしゃい！」
　昨日のように、零さんが仕事に行くと急にシーンと静まり返る家の中。
　明日楽しみがあるとわかっていてもやっぱり寂しくて。
　しょうがないから、やることやって今日も早めに寝た。

　次の日。
　またひとりで朝ご飯を食べ学校へと向かう。
　えへへっ……。
　今日零さんに、どこ連れていってもらおうかな？
　ゲームセンターは行ったし。
　海もこの前見にいったし。
　幸せな悩みごとに、動く足もしだいに速くなる。

　……このとき。
　私はまだ知らなかったんだ。

いや、知らないままのほうが幸せだったのかもしれない。
　学校で私をドン底に突き落とす出来事が待ち構えていたなんて。

想いにオモワレ

いつもどおり学校に着くと。
　教室の前で、見たことはあるけどしゃべったことのない子が立っていた。
「あの……すみません、教室入りたいんですけど」
「あっ、あの、あなた加島さんだよね？」
「あっ、はい？」
　名前を呼ばれてびっくりした。だって関わったことない子だから。
「私、隣のクラスの石塚(いしづか)って言うんだけど……加島さんにちょっと用があるんだけど」
「えぇ！　私に？」
「うん、ここじゃあちょっと言いにくいから……トイレ行かない？」
「あっ、うん」
　言われるがまま、トイレについていくけど。
　もしかしてまた、３年生のあの人たちのときみたいになにか言われるんじゃないかって、内心ドキドキしてる。
　朝のトイレは誰もいない。から、助けも呼べないし余計に怖い。
　でも石塚さんはイジメとかするようなタイプには見えなくて。学校のトイレはお世辞でも綺麗とは言えないけど、でもそんなの気にせずに石塚さんが口を開く。
「……加島さん、文化祭のとき連れてきた人って、彼氏だよね？」
「あっうん、そうだけど」

「……そっか……やっぱり」
 ブツブツと独り言を言う石塚さん。
 零さんが……なんだろう?
 少し考えごとをしていた石塚さんの表情は、さっきよりも真剣になった。
「あのさ、落ち着いて見てくれる?」
「えっ? なにが?」
「……これっ」
 慣れた手つきでスマホを操作しながら。
 見せられたスマホ画面に、目を見開く。
 なに……これ?
 食い入るように見る画像。
 そこには、パステルカラーの文字でかわいく書いてあるホテルの看板と男と女がふたり、ハッキリと写っていた。
 ……なんで。なんで零さんと花ちゃんが写ってるの?
 手が震える。
 なにかの間違いだと信じたいのに、スマホにおさめられている写真は、そうさせてくれない。
「……加島さん、大丈夫?」
 話しかけられてるのに、反応できない。
 トイレでは、私と石塚さんふたり。
 沈黙が、圧力をかけてくるかのように。
 うるさいほど、鳴りっぱなしの心臓が痛みだす。
「加島さんごめん……見せたほうがいいかなって思って」
 言葉が喉に詰まって出てこない。

零さんが私を裏切るわけないと……わかってる、わかってるはずなのに。
「たまたま昨日の夜、お姉ちゃんと外食してたら見ちゃって。それで、どっかで見たことある男の人と冴木さんが歩いてたから」
　聞きたくないのに、ふさいでしまいたい耳に直接聞こえてくるその言葉は……現実？
「何回も写真見て、ようやく思い出したの。この人って文化祭のとき、加島さんと腕組んで歩いてた人だ！って……」
　すべてを捉えた石塚さんのスマホ画面がボヤけて見える。
「本当は見せないほうがいいかもしれないって、思ったんだけど……今日冴木さん、平気な顔して学校来てたからさ……許せなくて」
　申し訳なさそうに顔を下に向ける石塚さん。
　石塚さんの優しさに胸が痛い。
　でも、そんなことより。昨日の夜、零さんは仕事だって出ていったくせにこんな写真撮られて、それがいちばん私の胸を苦しめる。
「石塚さんありがとう、言ってくれて」
「……加島さん」
「知らなかったら私……花ちゃんと今日も普通にしゃべってたかもしれないし」
　石塚さんはこくりとうなずいて、悲しそうな目で同情し

てくれた。
「私、今から花ちゃんに聞いてくるね」
「……ひとりで大丈夫?」
「うん。零さん……こんなことするような人じゃないしそれに花ちゃんだって……」

　きっと、こんな写真、嘘だって。
　たまたまその場にいて、立ち止まっておしゃべりしてただけだってそう、言ってくれるはず……はずなんだ。
「それじゃあ行ってくるね」
「うん……もしなにかあったら相談してね?」
「ありがとう、石塚さん」

　トイレから出て、花ちゃんのクラスへと走る。
　朝から廊下を走るなんて、遅刻しそうな人と私以外いないと思う。
　ドキドキと心臓の音と嫌な汗が止まらない。
　花ちゃんのクラスのドアに手をかけ、いったん落ち着こうと深呼吸して3秒後、思いっきり開けた。
　——ガラッと、開くドア。
　違うクラスの人たち。集まる視線。
　そして、自然と大きく出る声。
「……花ちゃん!!」
　かわいいあの子の姿が、目に映る。
「朝日ちゃん!? どうしたの……大きな声出して?」
　教室にいる人たちの視線が気になったのか、小さな声で駆け寄ってくる花ちゃん。

石塚さんの言うとおり平気な顔してる。
　あんな写真撮られてるってことすら気づいてないのかも。
「花ちゃん、ちょっと話があるの」
「でも授業始まっちゃうよ……」
「いいからっ……！」
　授業とか、そんなことよりこっちの話のほうがよほど大事だよ。
　私の圧に負けて、花ちゃんがこくんと嫌々うなずいた。
　教室から出ると、誰もいない廊下の隅のほうへと移動して、あの写真のことについて話を切り出す。
「……花ちゃん、昨日の夜って、なにしてた？」
「なんでそんなこと聞くの？」
「なんでって、とぼける気？」
「……え？」
　イライラする。友達だと思ってたのに、平気で人の彼氏に手を出す花ちゃんの前で泣くつもりなんかなかったのに。
　ポロポロと、勝手に目から出てきた"それ"は、嫌なほど私を醜い女にさせた。
「零さんと……ホテル行ってたんでしょ!?」
「!?」
「私知ってるもん！　見たもん……!!」
　石塚さんのスマホで撮った写真を、この目で確認したもん!!!!

グッと、こらえる涙はこらえても出てくる。
　そんな私を見て、花ちゃんは顔色ひとつ変えない。
　……変えないどころか。
「ごめん……なさい……」
　謝られた。
　言い訳のひとつもしないで、『ごめんなさい』って弱々しい声で。
「……最低……っ！」
「……」
「花ちゃんなんか最低だよっ！」
　――パンッ！
　大きく響く、痛々しい音に。花ちゃんの頬を叩いた私の右手も心も……零さんへの気持ちも全部が全部……痛い。
　叩いたのに、全然スッキリしない。
　叩かれたのに、なにも言わない花ちゃん。
　これ以上花ちゃんと一緒にいたら気が狂いそうになる。
　醜いのは私？　汚いのは花ちゃん？
　もう、そんなのどっちでもいい。
　ひと言くらい……言い訳してほしかった……。
　これ以上、花ちゃんを責めてもどうしようもない。
　私は、軽蔑の目で花ちゃんを見ると静かに廊下を歩きだした。
　いつまでたっても冷めない怒り。
　花ちゃんが零さんと関わったせいで、知る必要もなかった、知りたくもなかった感情が私を蝕む。

……零さん、花ちゃんを抱いたんだ。
　あの綺麗な指で、花ちゃんのこと……触ったんだ。
　想像しただけで吐き気がして、女子トイレに向かって歩こうとするけど。
　涙で視界がボヤけてうまく歩けない。
　足がフラフラと今にも倒れそうな私の腕を誰かが掴んだ。
「あーさひ！　お前さっきからフラフラ歩いてどうした……って！　おまっ……なに泣いてんだよ!!」
「なおと……なんでもないよ、べつに」
「なんでもないわけないだろ！　ほら、俺の肩につかまれよ！　保健室に……」
「やだ！」
「はあ!?」
「学校になんかいたくない！　……気持ち悪いの」
「気持ち悪いならなおさら保健室だろ!?」
「そういう意味じゃない！　もうやだぁ……みんな嫌いだよ……っ！」
　子どもみたいに泣きだす私。
　精神が崩れていく音が聞こえてきて、この苦しみを、この怒りをどこに向ければいいのかわからず。
　廊下の真ん中で泣きくずれる私を直人は見放さず、家まで送ってくれた。
　恋の苦しみで学校を休むことになるなんて。零さんを思う気持ちはこれほどまでに大きく、そして私をこんなにも

ろくさせるほど育ってしまっていたのか。

　夜、枕に顔を押しつけても寝室に響く、私の隠しきれてない嗚咽。
　——ガチャッ。
　ドアが開いた音が聞こえてくる。
　零さんが帰ってきた。
「朝日」
　私の名前を愛しそうに呼びながら、仕事着のままベッドにもぐり込んでくる零さん。
　惑わすようなその優しい手は、私の涙で冷えた手を触った。
「……おい、お前泣いてるのか？」
　気づかれた。でも。今は零さんとしゃべりたくないから無視をする。
「あさひっ、なにがあったんだ？」
「……」
「俺にも言えないことか？」
　やめて。そんな寂しそうな声で私の名前を呼ばないで。
　こんなに心が痛いのも、苦しくて涙が止まらないのも、ぜんぶ……ぜんぶ。零さんのせいなんだから。
「……零さん、花ちゃんのこと抱いたんでしょ!?」
「っ!?」
「零さんと花ちゃんがホテルの前にいる写真、はっきりとこの目で見たんだから……!!!!」

声を荒らげながら、涙で濡れた枕を零さんに投げた。
いつもなら『ふざけんな』と低い声で言い返してくれるのに……なんで言い訳すらしてくれないの？
それってやっぱり花ちゃんと……。
「零さんなんか嫌い」
「あさっ……」
私に触ろうとしてくる零さんの手を払った。
零さんを拒む日がくるなんて。ありえないことだって思ってた。だけど……好きだから現実を受けとめきれないんだ。
「……お前にまで拒まれたら、俺はどうやって生きていけばいい？」
零さん自体消えてしまいそうなくらいその弱々しい言葉が、私の心臓を一瞬止めたような気がした。
零さんが私から離れ、この部屋から出ていってしまった。
引きとめることなどしない——。
だって、先に裏切ったのは零さんのほうだから。

次の日
腫れたまぶたを指でこすりながら学校へ向かう。
昨日あのあと、零さんは家から出ていってしまった。
……もし花ちゃんのところに行ってたらって考えたら、泣き疲れてるのに全然眠れなくて、完全に寝不足だ。
私をこんなにも惑わす零さんの罪は重い。
「はあ……」と重苦しいため息をつきながら、学校に向かっ

ていると。
　私の横を通り過ぎた車が私の前で怪しく止まる。
　なんだろう？ と不審に思いながら、早足で車の横を通り過ぎようとすると。
「なあコイツで本当にあってんのか？」
「間違いねえ、コイツだ」
　車から出てきた男たちが私を囲みながらそう言った。
　そして次の瞬間――バチッと痛みが前から走ってきて、そのまま意識を手放した。

「んっ……」
　浅い眠りから目覚め、私の身になにが起きたのか、ボヤけた視界ながらも一瞬で把握できた。
「やっと、目覚めたか」
　私が目覚めるのをずっと待っていたのか、男は挨拶代わりにそう言った。
　息が乱れるくらいじゃすまないほど驚いた。
　もう会うこともないと思っていたのに……なんで。なんで兎恋の総長さんがここにいるの？
「なんも知らないって顔してんな……？　まあなんも知らなくて当たり前か」
　フッと兎恋の総長さんが怪しげに笑う。
「……あのとき、零さんに負けてすべてが終わったはずなのに、今度はなんですか？　また零さん狙いですか？」
　埃が舞ってる倉庫内をよく見たら、最初に拉致された場

所と同じで。前と同じ状況。私の手と足はロープで縛られていた。
「零狙い…？　たしかにそうだ。だけど今回は違う。今回は……」
　さっきまで余裕たっぷりに笑っていた総長さんの顔が醜くゆがんで──そして。
　倉庫内でバラついてる鉄パイプを1本手に持ち、私に向かって投げた。
　──ガシャーン‼
　と頬すれすれに投げられた鉄パイプが地面に落ち、私にあのときの恐怖をまた植えつける。
　……今本気で私のこと狙ってた。
「……零に。たったひとりの男に兎恋のナンバー1とナンバー2がやられて、俺らがどれだけみじめな思いをしたか……お前知らないだろ？」
「そんなの、零さんを追いかけまわしてたあなたが悪いんじゃ……」
「うるせえな。そんなことはどうだっていいんだよ。最後まで俺をバカにした零を俺は許さねえ。これは復讐だ」
　言いながら、総長さんがズボンのポケットから写真を取り出して私に見せる。
　……それは、花ちゃんと零さんのあの写真だった。
　なんで総長さんがその写真を持ってるの……⁉
　開いた口がふさがらない私を見て笑う総長さんが、写真を地面に落とし踏んづけ──そして。

「——おい"花"来いよ。お友達に状況を説明してやれ」
 総長さんがパチンと指を鳴らす。
 それが合図かのように、倉庫の奥から現れた見慣れた少女。
 闇にまぎれた1匹(びき)の蝶(ちょう)のようにその存在感を異様に放ち、私の目の前に立った。
「昨日ぶりだね、朝日ちゃん」
 兎恋と関わりなんかあるはずない彼女が、なんでここにいるの。
「花ちゃん、もしかして脅されてるの？」
「……はい？」
「私と一緒にいるとこ見られて、関係ない花ちゃんまで巻き込まれたとか？」
「……なに言ってるの朝日ちゃん。私は自分から"この人"に手を貸したの」
 そう言って、花ちゃんは地面に捨てられた写真を手に取って、私にそれを見せつけるようにして笑った。
「朝日ちゃんもバカだよね……自分の好きな人も信じられないなんて」
「……どういう意味？」
「こんな写真……嘘に決まってるじゃん。合成よ合成」
「っ!?」
「朝日ちゃんと零さんを引き離す罠(わな)って言ったほうが早いかしら」
 そんな……それじゃあやっぱり花ちゃんは零さんのこ

と。
「あっ、べつに零さんのこと、なんとも思ってないから私」
　私の心情を読みとる花ちゃんが次の瞬間、私の頬を勢いよく叩いた。
　　　——パンッ……!!
　と鳴りひびく痛々しい音と共に頬に痛みが走る。
「……ずっと朝日ちゃんのこと、こんなふうに引っぱたいてやりたいって思ってた」
　痛いのは私なのに、花ちゃんがつらそうな顔をしながら言うから……言葉が出てこないの。
「……なんで、あんなに思ってくれてる大久くんがいるのに……!!　なんでそれに応えてあげなかったのよ!!!!」
　情緒不安定にも近い、コロコロと感情が変わる花ちゃんが泣きくずれる。
　ハッと気づいたときにはもう遅い。
　花ちゃんの好きな人って、もしかして直人？
　私をずっと見ている直人のことが好きだったんだ。
　だから直人を傷つけた私のことが憎いんだ。
　零さんも直人も……花ちゃんだって、私の恋心に振りまわされてる。
　これじゃあまるで私、悪役みたいじゃん。
「でも……じゃあどうやって兎恋と知り合ったの？」
　それとこれとは、また別問題じゃん。
　だけど花ちゃんは怒りを含んだ目で、冷静に答える。
「……大久君に聞いたの。朝日ちゃんが暴走族に拉致られ

たときの話。……そのとき朝日ちゃんをかばってできた大久君のお腹の傷を見せられて。大久君笑いながら話してたけど……絶対怖かったと思うの」

　花ちゃんがひと息ついて、話を続ける。
「朝日ちゃんを守ろうとした大久君を危ない目にあわせておいて、助かったら自分はそのあとすぐに彼氏ができて幸せって顔してる。そんな朝日ちゃんが私……どうしても許せなくて。……その暴走族だってきっと零さんと朝日ちゃんのこと恨んでると思ったから、捜して声をかけたの。"復讐"しない？ってね」
「花ちゃん、なんでそこまでして」
「嫌いなの、朝日ちゃんのこと。親が亡くなって孤独になって、それでも元気づけてくれる人がそばにいるのにそれを無視して……人の気持ちをなんだと思ってるの!?」

　今まで言えなかった本音が止まらない、そんな様子の花ちゃんの肩を後ろから軽く叩く総長さんが会話を止めた。
「しゃべりすぎだぞ、花。お前のおしゃべりのために俺たちは手を貸したわけじゃねえよ」
「……すみません」

　総長さんの後ろに一歩下がる花ちゃん。
　──すると。
「あさひ……!?」

　バンッと、壊れてしまったんじゃないかと思わせるくらい、勢いよく開いた扉から零さんが現れた。
「来たな、零」

私の安心感を壊すように、隣で不敵に笑う総長さん。
　なんだか嫌な予感がして……私は零さんに来ないでと首を横に振る。
　だけど。
　急に私の髪を引っ張った総長さんが、零さんの怒りを煽った。
「おい……そのきったねえ手を朝日からどけろ」
「なあ零、そんなにこの女が大事か？」
「……なにが言いたい？」
　動揺を隠せていない零に、総長さんは追い打ちをかける。
「なあ、零。この女に……テメェの過去打ち明けたのかよ？」
「──っ!?」
「ハハッ、その表情からすると、もしかしてまだ言ってねーんだ？　まあお前の汚い過去を打ち明けたところで嫌われるだけかもな」
　触れてほしくない心の闇を土足で踏みつける総長さんに、ついにキレた零がその綺麗な腕を伸ばして掴みかかろうとするけど。
「おっと……!?　俺に指一本触れてみろ。テメェの愛しの朝日ちゃんになにするかわかんねーぜ？」
　どこまでも汚い総長さんに、迫ってきた零さんの勢いも止まる。
　零さんに私という弱みができたせいで、さっきから総長さんの思いどおりに事が進んでいく。
　それはあまりにも残酷で……平然と私たちの幸せを壊す

んだ。
「零さん……!?」
　倉庫の外から集まってきたガラの悪い不良たちが零さんを囲む。
　そして、「やれ」という総長さんのひと言でいっせいに零さんに襲いかかる。
　——バキッ。
　——ゴキッ。
　響く鈍い音が、私の心臓を壊そうと必死だ。
　自分の立場を理解してる零さんは、やり返そうとはしない。
　……ただ黙って殴られていた。
「ちょっと……!?　ここまでやることないじゃない!?」
　目の前で繰り広げられる暴力に、花ちゃんはやめるよう総長さんに言うけど。
　彼はその言葉を無視して、ただ零さんがやられてるところを楽しそうに見ていた。
　こんなの間違ってる。
　暴力はなにも解決してくれない、暴力はなにも生まないって、誰だって知ってるはず。
　なのになんで、そこまでして零さんを追いつめたいの……??
　零さんの過去がどうであれ、私は零さんを愛さずにはいられない。
　つらい過去なら、一緒に乗り越えてみせるから……だか

ら。
「零さん……!!」
「朝日……来るなっ!!」
　勢いよく手を伸ばしてたら、ロープがはずれて。私はそのまま男の群れに飛び込んだ。
　痛くてもよかった。殴られても、少しでも零さんの痛みが減るならそれでよかった。なのに。
　零さんは必死に私を守りながら、次々と男たちを倒していくんだ。
　なんでこんなにも私を愛してくれる人のことを疑っちゃったんだろう?
　こんなに愛されてるのに…バカな私は零さんに抱きしめてもらうまで気づかなかったの。
「無事か……朝日」
　息を乱しながら、私を抱きしめて安心させる零さん。

　地面に倒れてる男たちを見て、全部零さんがやったんだって考えると、正直ゾッとした。でも……私を守るために仕方なくやったんだよね?
　本当は暴力が嫌いなこと知ってるよ。
「帰るぞ朝日。お前には……つらい思いをさせてばっかだな」
「そんなこと、私のほうこそ零さんを疑ったりなんかして……ごめんなさい」
　花ちゃんとの写真に言い訳しなかったのは、私に疑われ

て傷ついたからだ。だから……零さんは黙ったままだったんだ。
「——おい!! 待てよ零!!!! このまま終わらせてたまるかっ!!」
　仲間がひとりも残っていない絶望的な状況で、それでも抗う総長さん。
　闘(たたか)う意味なんてないことを、彼だってわかってるはずだ。
　だから零さんは彼に背中を向けてなにも言い返さない。
　無駄な争いはしたくない。それが零さんの答えだった。
　そんな零さんを見て「最後は相手にさえしてくれねーのかよ……」と、総長さんが言う。
　彼が膝から崩れおちたとき、すべてが終わった瞬間だった。

　零さんが乗ってきたバイクにまたがって数分。
　家に着くと、なにも言わず寝室に連れていかれ、今はベッドに押し倒されている状態。
「零さん……怪我の手当てしなきゃ」
「……よかった」
「……へっ?」
「お前が無事で……本当によかった……」
　トックンと静かに胸が鳴る。
　つらそうな零さんを安心させたくて、私は自らあの話題を切り出した。
「零さん……私、知りたいよ。零さんの全部」

「もう知ってんじゃねーか……」
「違う、心の奥に眠る孤独も全部……知りたいの」
　そりゃあ私なんかに話したところで、零さんのこれまで生きてきた世界が変わるわけじゃないけど。
　零さんが苦しいと、私も苦しいの。なら、そのまま。お互いがお互いの苦しみを味わっててもいいんじゃないかって思うんだ。
「朝日……俺」
「ゆっくりでいいから」
　そう言ってやわらかく笑うと、絶対に涙は見せないというように、私の肩に顔をうずめる零さん。
　そしてゆっくり孤独が語られていく。
「……物心つく前に、俺、親に捨てられてんだよ」
　震えた声で言う零さんを少しでも安心させようと、背中をさすりながら聞く。
「名前だってなかった。全部空っぽだったから自分で「ゼロ」ってつけた。お前に出会う前の俺はなにをやっても満たされなくて。喧嘩なんかしょっちゅうやってた。でもいい加減大人になろうと喧嘩をやめたら、今まで悪さしたツケが回ってきてよ……お前の家の前で倒れてたのも、俺に恨みを持ってた奴にやられた。でも不思議とやり返そうとは思わなかったんだ……もう喧嘩はやめるつもりだったからな」
　淡々と語られていく過去ほど重いものはない。
「でも結局喧嘩しちまってるよな……大切なもんができち

まうと余計抑えがきかなくなる。守ろうとすればするほど自分の弱さに気づいていくんだ……俺はそれが怖くてな」
　今まで強がって生きてきたぶん、弱さには不慣れなんだね……零さん。私はそれを弱さとは呼ばないよ。
「大丈夫だよ……そんなことで嫌いになるわけない」
「あさ……ひ」
「好きだよ零さん。好きすぎて毎日零さんだけを求めてる。私は零さんに出会えて幸せ者だね」
　えへへ、と。幸せ全開で笑ってみせると、零さんが私を抱きしめる。
　一心同体にはなれないけど、ふたりでひとつにはなれるよね？
　だって、こんなにも、心がつながってるから。

　零さんがすべてを語ってくれたから、私も向き合わなきゃいけない相手にちゃんと向き合おうと思った。
「どうしたの……こんなところに呼び出して？」
　兎恋の事件から早くも１週間がたつ。
　学校の屋上に呼び出した相手はもちろん花ちゃんで。私より先に来て待っていたみたい。
「ねえ花ちゃん、単刀直入に言うね」
「……なに？」
「叩かせて」
「……はいっ!?」
　ニコニコと笑顔は崩さずに物騒なことを言うもんだか

ら、花ちゃんは開いた口がふさがらないみたいだ。
「だって花ちゃん、私にひどいことしておいて謝りにも来ないんだもん」
「な……なんで私が謝らなくちゃいけないの!? 朝日ちゃんがいけないんじゃん……大久君の気持ちに応えてあげないから」
　顔を真っ赤に染めながら言う花ちゃんは、どこまでも直人のことを思ってる。
「それじゃあ花ちゃん自身はどうなるの？」
「へっ」
「もし私と直人が付き合ってたとして、それで本当に花ちゃんは幸せになれるの……？」
　私の問いかけに同感するように、風が花ちゃんの髪を揺らした。
　恋って結局自分が幸せにならなきゃ意味がないんだ……。
　だから相手を応援して満たされるなら、それはただ自分の気持ちを偽ってるだけなんだよ。
「なんか……この前まで恋愛初心者だった人に言われるとムカつく」
「私は今までぶりっ子してた花ちゃんにムカつく」
　ああ言えばこう言う私たちふたりの間に、やっと芽生えた本物の友情は。
　ひどいことをされても言われても、許せるくらいに成長していた。

「ねえ花ちゃん、やっぱ一発叩かせてよ」
「やだよ、私のかわいい顔に傷がついちゃう」
「花ちゃんのナルシスト」
「朝日ちゃんのかまってちゃん」
　頭の隅で思ってた文句をお互い笑い合いながら言い合えたら、もう大丈夫だよね……？
　そんな私たちを見て、空に浮かんでいる虹(にじ)が笑ってくれているような気がした。

その手が触れるたび

◊

12月。
雪が降るこの日。
私はひとり、空から降ってくる雪が頭に積っていることに気づかないほど悩んでいた。
もうすぐクリスマスがやってくる。
それなのに……まだ零さんへのプレゼントを考えていない。
まだクリスマスまでに日にちはあるんだけど、こういうのは今のうちに考えていたほうがいいと思うし。
どんな物が欲しいのかわからなくて、そこらへんにある店を片っ端から回って、零さんに合いそうなプレゼントを探す。
店の中から店員さんらしき人が出てきて、私に「よかったら中へどうぞ?」と笑顔で言うから。
「いや……あのすみません!」と戸惑って走って逃げてしまった。
うーん。零さんってなにが欲しいんだろう? そもそもあの人に物欲とかあるのかな?
結局今日もプレゼントが決まらなくて、落ち込みながら家に帰ると、零さんも私が家に着いた数分後に帰ってきた。
「零さん、おかえりなさーい」
「ああ」
相変わらず無表情の零さん。
でもなぜか、帰ってきて早々後ろから抱きしめられた。
「ぜっ……!?」

「少し、鼻が赤いな？　どこか行ってたのか？」
　零さんの手で触られると、冷たい鼻がどんどん熱くなってくる。
　鼻だけじゃなく、これじゃあ顔全体赤くなっちゃうよと、零さんの手を掴んで、鼻から離した。
「ぜっ……零さん！　急にそういうのやめてください」
「あ？　今さらだろ？　自分の女に触れてなにが悪い」
　恥ずかしい言葉をサラッと言う零さんはすごい。
　それに比べて、たったこれだけのことで顔を赤く染めてしまう私は、まだまだ子どもなのかもしれない。
　でもいいもん……子どもでも。
　子どもは子どもらしく、自分のペースで愛を伝えていくもん。
　ぎゅっと、抱きしめ返してみた。
　零さんの体温はちょうどよくて気持ちいい。
　まるでペットとご主人様みたいに、急に素直になる私の頭を零さんがなでる。
「恥ずかしがったり素直になったり……お前は気まぐれな奴だな」
「……零さんだって、いきなりいろんなことしてくるじゃないですか」
「……たとえば、どんなことだ？」
　わかって言ってる悪魔は、ニヤリと笑う。
　相変わらず、私をからかう零さんは本当にズルイ男だと思う。

まあ、そういうところが好きなんだけど。
　甘い時間に浸っている場合じゃない。
　時計を見たら、もうこんな時間。
　お腹の音がギューギューうるさくて
　零さんから離れて、急いでご飯を作った。
「零さん！　今日は零さんの好きな魚料理ですよ？」
「うまそうだな」
　そう言って、まだ全部の料理がテーブルに並んでないのに。
　ひとりで食べようとする零さんの手の甲を軽く叩いた。
「行儀悪いですよ！」と怒る私は、けっこういいお嫁さんになれるかもしれない。と、自分で思ってしまう。
　テーブルに全部並べたら、「いただきます！」と挨拶して食べ始める。
「零さんどうですか？」
「あぁ、うまいな」
　黙々と食べる零さん。
　そうだ……今ならあのこと聞けそうな気がする。
「ぜっ、零さんって今欲しい物とかありますか？」
「……なんだ、いきなり？」
「えっ……いや、聞いてみただけです」
「あはは」と笑って、味噌汁をひと口。
　ダメだ、こんなこと遠まわしに聞いても零さんには伝わらない。
「……そろそろクリスマスじゃないですか」

「それがどうしたんだ？」
　それがって……。零さん、あんまりクリスマスとか興味ないのかな？
「だから……その、クリスマスプレゼントを」
「お前」
「えっ？」
「プレゼントはお前でいい」
　すました顔でそう言われて、顔がまた赤くなる。
「もう！　私は真剣に言ってるんです!!」
「俺も真剣だが？」
「そうじゃなくって！　欲しい"物"の話ですよ」
「……とくにねーな」
　箸で綺麗に魚の骨を取る零さんの顔は、本当になにも欲しい物なんかなさそうで。
　食事を終えても、そのことで頭がいっぱいの私に、零さんがソファに座りながら話しかけてくる。
「いい加減にしろ、いらないって言ってるだろ。いつまでも悩んでねーで、隣来い」
「むっ……私は零さんに喜んでもらいたくて考えてるのに」
「だから、お前でいいって」
　だーかーら、それじゃあ意味ないんですって！
　本当に物欲がないのかなんなのか。
　たしかに零さんって、私の家に荷物持ってきたときも、そこらへんに置いても邪魔にならないくらいの量だったし。

服も、黒とか白とかシンプルな物ばっかだし。今どきの若者にめずらしいくらい。
「もう、零さんの物欲なし男」
「ハッ、なんだそれ」
　クスクス笑ってる零さんの横に座る。
　ふわふわのソファで、肩を抱きよせられ。気持ちよすぎて夢の世界へ飛んでしまった。

　そして次の日。
　学校でプレゼントのことを直人に相談すると、苦笑いされた。
「……零さんスゲェーな、俺なら欲しい物いっぱいあるのに」
「たとえば？」
「もちろん新作のゲームだろ……お菓子だろ……漫画だろ」
　直人の趣味全開な物を、零さんが欲しがるわけなくて。
　まったく参考にならない。聞くだけ無駄だった。
　教室では、やっぱりクリスマスの話題で持ちきりで。
　みんな浮かれてる。私もそのひとりなんだけど。
　なぜか直人までニヤニヤしていて気持ち悪い。
「……なにかいいことあったの？」
　私がおそるおそるそう聞くと。
「えっ!?」と声が裏返る直人は、わかりやすい。
「……実は俺」
「うん？」

「クリスマスに冴木と、遊ぶことになったんだけど……」
「へっ!? それってデート!! ふがっ!!」
「声がデケェ!!」と直人に口をふさがれ。
　クラスメイトたちが「なんだ?」とこちらに目を向ける。
　息が苦しくなって、軽く直人の手を叩くと離してくれた。
「ぷはっ……! すごいすごいすごーい! どっちから誘ったの!?」
「……冴木から」
　わお! 花ちゃんってけっこう積極的だなー。
　まあでもそのくらいの勇気がないと、直人を思って暴走族と手を組んだりできないだろうし。
「楽しんでねデート!!」
「だから声がデケェって!……まあでもありがとう」
　いつもより素直な直人が照れながらつぶやくから。
　なんだかこっちまでニヤニヤしてきちゃう。
　直人と花ちゃん……うまくいってほしーな。
　ハッ!!
　ていうか、今は人のことより、自分自身の心配しなきゃ!!
　結局あてにならなかった直人の話も零さんが欲しがるような物ではなく決められないまま、ついにクリスマスまであと１週間となった。

　家の中がキラキラ、ピカピカと。
　完璧に飾りつけを終えて、達成感を感じてる私に零さんがココアを作って渡してくれた。

「あっ……ありがとうございます！」
「お前ってこういうの好きなのか？」
「えっ？　かわいくないですか？」
「目が痛てぇ」
　せっかくがんばって飾りつけしたのに、零さんってばヒドイ。
「まあ零さんにはわからないでしょうね！……女の子の気持ちなんか」
「……なに言ってんだお前」
「ふーんだ！」
　このかわいい飾りつけも。彼氏にプレゼントしたいっていう彼女の気持ちも。
　女心のわからない零さんには、ぜーったい理解されないことなんだから。
　今さらなに言われても仕方ないと思いたい。
　ココアをひと口飲んでみる。甘い。
　こんなふうに、零さんだって甘くなっちゃえばいいのに。
　そりゃあ零さんはいつだって甘いけど。
　なんかこういうイベントごとに鈍いというか、うといというか。
　本当に興味なさそうだから、少しだけ寂しくなってくる。
「そういえば……零さんって24日……」
「24？　それがどうかしたのか？」
「いや、イブなんで、一緒に過ごしたいなーと」
　改めて「一緒に過ごしたい」だなんて、ちょっと恥ずか

しい。
　でも次の瞬間。
　指を絡めながら照れる私に、零さんは平然とショックなことを言う。
「24は神崎が仕事場でパーティーするとか言ってたが」
「えっ」
「毎年恒例(こうれい)でな……俺も強制参加だ」
「えっ、えっ、え——!?」
　それってどういうこと!?
　仕事場でパパパパ……パーティー!?
「それじゃあ私はクリスマスイブひとりでお留守(るす)番ってことなんですか!?」
「いや？　お前も連れていく」
　そ……それでも結局ふたりっきりでクリスマスパーティーできないってことでしょ!?
　なんで!?　なんで彼女がいる零さんまで強制参加なのよ!?
　神崎さんのバカッ。今になって、あの紳士的な笑顔が憎い。テーブルに置いたカップを、手に取ってまたココアを口に含んだ。
　甘い……。
　けど、ショックで震える手のせいで、うまく飲めないココアを床にこぼしていた。
「おい朝日、こぼしてるぞって……お前なに泣きそうになってるんだ？」

「もう零さんなんか知らないバカァ!!」
「はあ？」
　ふたりで過ごせないクリスマスイブに、ショックを受けてるのにそれを零さんはわかっていない。
　わかっていない、どころか。
「25にケーキでも買ってやるから、泣くなよ？　な？」
　と、そういう意味で怒ってるんじゃないのに。
　人を子どもみたいに扱って!!!!
　結局そのあと、拗ねに拗ねまくった私は零さんのプレゼントを買うことができないまま、クリスマスイブを迎えることに。

「ほら、さっさと準備しろ。置いてくぞ？」
「置いてけばいいじゃないですか！　私はひとりでお留守番してますから」
「……お前、まだ怒ってるのか？　仕方ないだろ……毎年恒例なんだし」
　そりゃあ毎年恒例なら仕方ないと思うよ？
　でも……それでもこんな特別な日は、ふたりで過ごしたかったんだもん。
　……やっぱり零さんは女心わかってない。
　しょうがなく家から出ると、まだ拗ねてる私を見て。零さんが無理やりヘルメットをかぶせた。
「わぶっ！」
「いつまでも拗ねてねーで、いい加減機嫌なおせ。どうせ

明日がクリスマス本番だろ」
「本番とか関係ないもん！　私は零さんと一緒に……」
「イベントとかどうでもいい」
「……」
「どうでもいいが……これからずっと一緒にいるんだろ？いくらでもイベントなんかふたりで過ごせるだろ」
「……っ！」
「だから今日は、俺のワガママに付き合ったと思って過ごせよ」

　走り出すバイクに、冷たい風が私を冷やすから息が詰まりそうになる。

　ほんっと零さんってばズルイ。

　私なんかより大人で私なんかより、ずっと余裕で。私のことを簡単に喜ばせる。

"これからずっと一緒にいるんだろ？"

　それって私との未来のこと。

　ちゃんと考えてくれて、言ってるってことだよね？

　そんなのサラッと言うなんてほんと、ズルイんだから。

　ぎゅっと強く、零さんの背中を感じながら抱きしめ走るバイクが目的地に着いた。

「ほら、降りろ」

　かぶっていたヘルメットを取って、息を吸う。

　今日は冷えてるから、「ハァー！」と息で手を温めていると。零さんが私の手を握って、NOISEの中へと入った。

　入ると同時に聞こえてくる音楽と、人の話し声。

うわぁ……こんなに大勢の人が来てるんだ。
　いつもは大人っぽいBARが、クリスマスらしく飾りつけされているから、なんだか違う場所みたい。
「あっ、零君と朝日ちゃんやっと来た」
「あっ神崎さん……」
「んっ？　どうしたの朝日ちゃん、そんな怒った顔で俺を見て」
　ニコッと崩すことのない笑顔で話しかけてきた神崎さん。
　怒ってる？　そんなの当たり前だよ！
　だって私。神崎さんの空気読めなさに、怒ってるんですから!!
　本当は零さんと今頃ふたりでクリスマスイブ……楽しんでたのに!?
「ふふっ、なんかよくわからないけど今日は楽しんでいってね？」
「……はい」
「零君も」
「あぁ」
　人がゴチャゴチャしていて。誰が誰だかわかんない。
　てか、そもそも私の知ってる人なんかいないんだけどね。
　余っている席に座ろうと、席を探していると。私の隣で、いろんな人に突然話しかけられ囲まれる零さん。
「きゃー零さん、お久しぶりー」
「あっマジで来てる!!　去年のクリスマスイブ以来だなー」

「零さん!?　マジ本物!?」

　ワイワイ、ガヤガヤと隣にいた私なんかまるで見えていないかのように輪の中からぺいっと放り出された。

　ひどい……ひどすぎる。

　私は零さんと神崎さんしか知ってる人いないのに。

　邪魔者のように輪の中から放り出されたあげく。ひとりぼっちになるなんて。

　とりあえずイスに座って、テーブルに置いてある豪華な食事を食べる。

　おいしい……でも寂しい。

　零さんのバカァ‼

　私は零さんしか頼る人がいないのにこんなところでひとりにして‼

　しかもまだ囲まれてるし。零さん人気だなー。

「はぁ……」と、来たばっかりなのに帰りたくなり、せっかくのおいしいご飯もあと味は最悪で。

　もういっそのこと、NOISEから抜け出そうと思ったとき。救いの手が差しのべられた。

　ドカッ！と私の隣に座る男。

「よっ朝日！　なに暗い顔してるんだよ？」

「まっ……マッサー‼　えっ嘘、マッサーもここに!?」

「おう！　神崎さんに誘われてな！　そんなことより、なにひとりで飯食ってんだよ？　寂しい奴だな」

「うっ」

　マッサーが、笑いながらバシバシと背中を叩いてくるか

らヒリヒリする。
　……この男、前にバイクに乗せてもらったときといい。今といい。
　手加減しないからホントに困る。
「それにしても……零さんすっげえ人気だな」
「マッサーは、あの輪の中に入らないの？」
「はあー!?　無理無理！　そりゃあ零さんから話しかけられたら、喜んで話させてもらうけど……俺からとか恐れ多いって」
「……そんなことないと思うけど」
　マッサーを見てると、零さんのこと追っかけてた前までの自分を思い出す。
　今は近くにいすぎて忘れてたけど、私も前まではマッサーみたいに零さんのこと遠い存在だって思ってたなー。
　まあ、遠い存在とか関係なく近づいたけど……。
「ふふっ、私ね零さんが初恋なんだー」
「えっマジで？」
「うん」
「すげぇな……初恋が零さんで、しかも実るとは」
　本当だよね。それこそ恐れ多い。
　でもやっぱ、あのとき追いかけてなかったらこんなふうに恋人になったり、ワガママ言えるような関係になってなかったと思う、勇気出して零さんにぶつかっていってよかったと心から思うの。
「マッサーもあのとき、ここNOISEまでバイクで送ってく

れてありがとうね?」
「なんだいきなり、照れるじゃねーか!! それに俺たちあのときからダチだろ? ダチを助けるのは当たり前だって」
「マッサーのバカぁー!! いい奴!?」
「きゅ……急にどうしたんだよ!」
　うわーん!と、友情に感謝して泣いていると。いつの間にか、飲んでいた水がなくなっていた。
　飲み物が欲しくて、マッサーの隣に置いてある。
　英語で書かれてるジュース?らしき瓶を手で取っては、コップに入れて飲む。
　ごくり……ごくりと喉を鳴らしながら飲むジュースは、あまりのおいしさにコップからなくなっては入れなくなっては入れの繰り返しをしていた。
　そして4杯目。
　なんだか体が熱い。頭もグラグラする。
　ふらふら、と……宙に浮いてしまいそうになる感覚に
　体がイスから落ちそうになり、隣にいるマッサーが、私の異変に気づく。
「おい朝日……? 大丈夫か?」
「だいじょーぶだいじょーぶ! 朝日強いもーん」
「はい? なんかお前おかしくなって……ってええ!?」
　急に立ち上がるマッサーが私の前に置いてあるジュース瓶を手に取って焦っていた。
「これ酒じゃねーか!? 朝日、これ何杯飲んだか覚えてる

か!?」
「あさひっ、4歳!!」
「4歳じゃなくて4杯だろ!?」
　焦りながらも、ツッコミを入れてくれるマッサーはすごいと思う。でも朝日もう一杯飲みたいもん。
　あわててるマッサーの目を盗んで、また一杯飲んでみた。
　すると、これがもうおいしくてたまらない!!
　でももういろいろと限界だったのか、ついにろれつまで回らなくなってきた。
「あ————!　お前俺が見てない隙にまた飲んだだろ!?」
「あさひっ、飲んでらいもん!」
「……完璧に酔っちまってる」
　顔がどんどん青くなっていくマッサーがおもしろすぎて。キャッキャッと笑ってしまう。
　そんな私を見て、マッサーがため息をつき、「零さん呼ぶか」とボソッとつぶやいたのを聞きのがさなかった。
「やっ……やらぁ!　零呼ばないで!!」
「はぁ!?」
「だって零!　クリスマスイブ、ふたりで過ごさなかったくせに、ここで私のこと放っておいて……嫌いだもん」
「えぇ……でも俺じゃあ面倒見きれないっていうか……なんというか」
「やだやだ!!　マッサーさっき友達って言ってたくせにヒドイ!!!!」
「ちょっ……朝日!?」

いきなり胸ぐらを掴まれて、グラグラ揺らされるマッサーの顔は、さっきよりもっと青くなっていた。
　酔っていて、力の加減なんかできない。
　マッサーが「誰か……助けてくれぇ」と、まるで海で溺れた亡霊が助けを求めるみたいに意識を朦朧とさせた。
　そのとき。
　グイッと誰かに引っ張られて、私の手がマッサーの胸ぐらから離れる。
「お前……勝を殺す気か？」
「ぜっ零!?」
　後ろを振り向けば立ってる零さん。なぜか不機嫌だ。
「ふ……ふん！　零が私のこと放っておくから悪いくせに」
「お前……酒飲んだな？」
「飲んでないもん！」
「嘘つくな」と、零さんが酒のほうを指さすから。
　少し頬を膨らませた。
「それジュースらもん……朝日知らないもん」
「『もんもん』うるせーな。飲んだなら飲んだって素直に言え」
「やだ!!」
「言え」
「やだ!!」
　ていうか。お酒飲んだくらいで、なんでそんなに怒るの……？
　このお酒、おいしかったんだもん……。だから飲んだだ

けだもん……。
「あっ……そっかぁ」
「あ？」
「零もこのお酒飲みたいんでしょ？」
「はぁ？」
「だったら朝日が飲ませてあげるね」
　瓶ごと手で取って、口をつけそれを零さんの口へと移す。
　いったいなにが起こったのか。
　マッサーも神崎さんも。BARの中にいる人たち全員が私と零さんを見ている。
　完全に私の口の中から零さんの口の中へとお酒が移って、唇を離した。
「ぷはっ……!!」
「……」
「ねっ？　このジュースおいしいでしょっ……ってわあ!?……んんん!?」
　離したばっかりの唇が、また零の唇へと触れる。
　しかも今度は激しいほう。
　酔っているせいで、うまく息ができなくて。「ん!?」と騒ぎながら、零さんの胸板を叩いて助けを求めていると。
「ぷはっ!!」と、やっと離れた唇に、空気がおいしい。
「ぜ……なにすんのよ!!」
「それはこっちのセリフだ。やっぱ酒じゃねーか」
「うっ……うるさい！　もう零なんか嫌いだもん!!」
「あ？」

「いつもいつも自分勝手で！　もう零なんか嫌いだもんバカァ!!」

　ふんっ！と顔を横に向ける。

　拗ねとけば、いつもみたいに零さんが謝ってくれると思ったから拗ねたのに。

「そうか……なら、もういい」と、なぜか簡単に引き下がってしまった。

　……えっ？　なんで？　なんでそんなに怒るの？

　わけがわからなくて、助けを求めるようにマッサーに顔を向けるけど。マッサーも、これにはお手上げ状態。

「謝ってこい」と、軽く怒られてしまった。

　店の空気が私のせいでおかしくなった。

　そんなこと、酔っていてもわかる。

　だから素直に零さんに謝ろうと、ほかの人としゃべってる零さんへ声をかけようとしたとき。

「やっほ ────!!」と、明るい声で誰かが店の中へと入ってきた。

　みんなその声に注目して、視線を向ける。

　すると声の主はアイドル並にかわいい人で。店へと入ってきた瞬間、すぐに零さんの元へと駆け寄った。

「きゃー！　零君久しぶり!?　会いたかった？」

　大きな胸を、零さんの腕へと押しつける。

　だ……誰？

　なれなれしいその人に、開いた口がふさがらない。

「ねぇ……あの子って」

「あぁ！　どっかで見たことあると思ったら……あの有名なモデルのラミって子か！」
「ひぇ？　生ラミちゃんかわいい!!」
　周りにいる人たち全員が、ザワザワとうるさいくらいにその子の話をし始める。
　モデルのラミ……？　初めて聞いた。
　でもすっごくかわいい。
　だけど……腹の底が煮えくり返りそうなくらいムカついてくる。
　だってあの子。さっきから零さんにベタベタなんだもん!?
　すぐに零さんとラミって子のところに駆け寄り、邪魔するように無理やり、間へと割って入った。
「ちょっ……誰あんた!?」
　ぷるるんと、グロスをつけた唇を開き怒るラミ。
「どうもこんばんは!?　私朝日って言います！　よろしくねー？」
「はあ!?　あんたなんなのいきなり！　キモいんですけど!!」
「き……!?」
　キモい!?
　そんな直球で言われたの今日が生まれて初めてなんですけど!!
　どうやらこの女……口と性格と根性が悪いらしい。
　見ててわかるもん!!

「あ、あなたモデルだかなんだか知らないけど。零にベタベタするのやめてくれるかな!?」
「はあ!?　なにあんた！　彼女でもないくせに、よくそんなこと言えるわね!?」
「彼女だもん!!」
「!?」
「今は喧嘩してるけど、ちゃんと彼女だもん」
　言ってやったと、鼻息を荒くし勝ちほこる。
　そんな私を見てラミが「零君それほんと!?」と、私を指さしながら言うから。
　零が「あぁ」とひと言。
「しっ、信じられない……こんな女が零君の彼女だなんて」
「なっ!?　失礼ね！」
「ぜっ……!!　零君なにか弱みを握られて脅されてるんでしょ!?　そうでしょ!?」
　軽く、零さんの肩に触れ揺らす彼女は、まるでドラマの主人公みたいで。
　そんな彼女に零さんは「残念だが、俺のほうがコイツのこと好きだ」と、軽く笑ってラミを一発KO。
　さっきまで怒ってたくせに。零さんのこういうとこがほんと好き。
　がくっ！と足の力が抜けたのか、ラミがその場に倒れ込む。
　……さすがにショックが大きかったのかな？と、心配して彼女に「大丈夫？」と声をかけると。──パシャッと、

服に水をかけられた。
「……今まで生きてきた中で一番の屈辱だわ。あんたみたいなガキに、ずっと好きだった人を奪われるなんて!!」
　大声をあげてゆっくり立ち上がるラミ。
　私を睨むその目は、憎しみを含んでいた。が。
「がっ!?……今、ガキって言ったわねーーーー!?」
　お酒の入ってる私には、その怒りも今は関係ない。
　いつの間にか女同士の喧嘩も、取っ組み合いになっていた。
　そして数分後。
「だーかーら……ひぐぅ……私はずっと零君のごどぉがぁああ」
「ラミ……あなた一途ですっごぐ……ずでぎだねぇ?」
「でも零君を恋人にできた……あなたには負けたけどね」
　ボロボロになりながら、あれだけ店で大暴れした私とラミは今、一緒になってラミの失恋話で号泣している。なぜこうなったのか。
　意味のわからないこの状況に、ついていけない周りの人たち。
「おい朝日、そろそろ帰るぞ」
「んー」
「ほらぁ?　朝日ちゃん、零君呼んでるんだから……とっとと帰った帰ったー」
「んー、またねラミ?」
「ぇぇ、またねー」

零さんが「神崎悪かったな、いろいろと」と神崎さんに耳打ちで謝り、私を引っ張ってNOISEから出る。

　私のせいで、零さんがお酒を飲んでしまったため歩いて帰ることに。
　今日はいろいろと悪いことをしてしまった……と無言の帰り道、酔いが少しさめてきたところで後悔し始めた。
「……零さん」
「……なんだ」
　ひぇ！　いつもより声が低いから、たぶん怒ってる。通り越してあきれられてるよ!?!
「零さん……ごめんなさい」
「なにが、だ」
「なにがって……お酒飲んだこと怒ってるんですよね？」
「あぁ、怒ってるな……だけど」
　月の下でピタリと零さんの足が止まる。
　零さんだけ光に照らされていて、顔がハッキリと見える中、どんどん零さんの顔が私の顔へと近づいてきた。
　もしかしてキスされる？
　雰囲気にのまれて、目をつぶってキスを待っていると。ペシッ！と軽く、デコピンされてしまった。
「えっ？　えっ？」
「バカだなお前」
「えっ？」
「男とふたりで酒飲むとは、ほんといい度胸してるな」

「ふたりってマッサーと!? あれは最初本当にジュースと間違えただけで、それに周りに人いるからふたりなんかじゃ……」
「言い訳はいらねーよ……それと」
　零さんの手が、私の頬に触れると。今度こそ、ちゅっ、とキスをされた。
　急な不意打ちにボッ!と顔が熱くなる。
「零さん!!」
「取り消せ」
「へっ?」
「さっき俺のこと『嫌い』って騒いでただろ? あれ取り消せ」
　その場任せで言った言葉が零さんの気持ちに、深くあとをつけていたなんて。
　でも、私の言葉ひとつで、零さんの感情がコロコロ変わることがうれしいんだなんて。
　言ったらたぶん怒られるから黙っておいた。
「ねぇ零さん」
「あ?」
「大好き……好き、もう誰よりも好き……死んでも好き」
「……っ!」
　背伸びして、今度は私からキスしようとしたけど。あともう少しで届かない私を見た零さんがかがんでくれて、キスがしやすい体勢に。
　ふと、服の隙間から見える零さんのダリアのタトゥーは

月明かりに照らされて、いつもより何倍も綺麗だった。

　そして次の日。
「わあ……!　零さん!!　見て見て」
「あ?」
「サンタさんからプレゼントきてるー!!!!」
　朝起きると枕元に置いてあった、かわいくラッピングされて箱を抱きしめ零さんに自慢する。
「うれしいー!!　零さんありがとー!!」
「……俺じゃねーよ」
「えっ?　じゃあ誰?」
「知らねぇーな」
　フッと鼻で笑う零さんに、プレゼントを抱きしめる力が強くなる。
　こんなことする人、零さんしかいないのに。
　零さんってば、クリスマス興味ないとか言っておいて。
　こういうとこ、ちゃんとしてるから……ほんっとズルイ。
「ありがとう!　零サンタ!!」
「だから……俺じゃねーよ。つか、そろそろ行くぞ」
「えっどこに!?」
「クリスマスだろ?　ケーキ買いにいくぞ」
　そう言って、上着を着始める零さんの隣で。バタバタと急いで着替え、準備完了!!
　それにしても。
「やっぱり零さんって……なんだかんだイベント楽しんで

ますよね?」
「あ? お前が昨日あーだこーだ言って拗ねるからだろ?」
「はいはい」
　本当に興味なかったら。
　そもそもプレゼントなんか用意してないくせにね。相変わらずツンデレな零さんを隣で笑って見るのが幸せだ。
　って……。
「あぁ!!!!」
　大事なことを思い出して、突然声をあげる私に。隣で零さんがビックリする。
「どうしよう!!」
「……どうした?」
「私!! 零さんのプレゼント買ってない!!」
　ものすごく大事なコトなのに零さんは「なんだそんなことか」とひと言で終わらせるから、泣きながら零さんの肩を揺らした。
「ごめんなさい!? 今から買いにいきましょう!!」
「いや、いい。だからお前でいいって」
「そういうわけにはいかないんですって!!」
　相変わらずバタバタ、ひとり忙しい私を横目に零さんが小さな声で笑う。
　最初に出会った頃の記憶も今一緒にいる時間も。零さんがいてくれるだけで、すべてが幸せだから。
　つないだ手から、伝わる彼の体温に今日も静かに胸を高鳴らせた。

「朝日、お前はもうひとりぼっちじゃなくなっちまったな」
　零さんが口角を上げながら言う。
「それってつまり、私とずっと一緒にいてくれるってことですか……？」
「……この先なにがあっても、俺はそのつもりだぜ？」
「……零さん」
　彼の名を呼ぶことが当たり前になってきて。
　もう一度……普通ってなんだろうって考えてみた。
　同じことを毎日繰り返す人並みの人生のことを世界中の人は口をそろえて"普通"と呼ぶのだろう。
　だけど違った。普通って実は幸せって意味なんじゃないかって私は思う。
　そのなにげない人生に詰め込まれたひとつひとつが私の宝物で、それはいろんな人にめぐりめぐってやってくる。
　……零さんに出会えたことが必然か運命かなんて考えてもわかるもんじゃない。
　だけど。
　その普通の中にまぎれ込んでいた奇跡(きせき)が、私たちを出会わせてくれたんだと思う。
「零さん……好き」
　真剣な顔で言う私の目からあふれた涙は、きっと幸せそのものでできている。

　ふたりで見つけようか……絶対に離れることのできない絆(きずな)を。

今日、出るかもわからない月に、このままずっと零さんの隣で過ごせますように、と願って。……ね？

　　　　　　　　　　　　　　　　　　　『完』

あとがき

　はじめまして、nako.と申します。
　この度は書籍化という素敵な機会を本当にありがとうございます！
　幸せいっぱい胸いっぱい、物語を書き始めて本当によかったなって。自分の妄想癖に感謝しています。(笑)

『月明かりの下、君に溺れ恋に落ちた。』をお手に取っていただき、本当にありがとうございました！
　初めて書いた不良ラブ作品が、まさかこうして本になるとは思ってもみなかったので、nako.は本当に幸せ者です。
　不良モノが大好きなので、好きなモノに挑戦することって本当に大事だな〜と実感しました。

　朝日も零さんも本当にお疲れ様でした！
　孤独な二人が出会い、そして愛を見つけることが出来てよかったです。
　出会いって本当に素敵ですね、私も出会って今もそばにいる人たちを大切にして生きたいです。
　近すぎると大切さが鈍るのです。でもそれが人間です。心の中ではいつも感謝してます。
　そして読者様には常に感謝しています！
　野いちごで活動を始めて色んな幸せが降ってくるので、

もう本当にこの世に生まれてきてよかったです。(急に重い話に・・・笑)

　これからも自分らしい作品が生み出せるように頑張りたいです。

　読者の皆様、優しくご丁寧にご説明してくださいました担当の飯野様、読みやすいよう編集のお手伝いをしてくださいました佐々木様、スターツ出版の皆様、この作品に関わってくださった皆様、本当に最後までありがとうございました。
　何度お礼を言っても言い足りないのですが、伝えきれない感謝を胸にこれからも頑張ります！

　本当にありがとうございました。

2018.10.25 nako.

この物語はフィクションです。
実在の人物、団体等とは一切関係がありません。
一部、飲酒、喫煙等に関する表記がありますが、
未成年者の飲酒、喫煙等は法律で禁止されています。

nako.先生への
ファンレターのあて先

〒104-0031
東京都中央区京橋1-3-1
八重洲口大栄ビル7F

スターツ出版(株)書籍編集部 気付

nako.先生

KEITAI
SHOUSETSU
BUNKO
野いちご SINCE 2009

月明かりの下、君に溺れ恋に落ちた。
2018年10月25日　初版第1刷発行

著　者　nako.
　　　　©nako. 2018

発 行 人　松島滋

デザイン　カバー　角田正明（ツノッチデザイン）
　　　　　フォーマット　黒門ビリー&フラミンゴスタジオ

Ｄ Ｔ Ｐ　朝日メディアインターナショナル株式会社

編　集　飯野理美　佐々木かづ

発 行 所　スターツ出版株式会社
　　　　　〒104-0031 東京都中央区京橋1-3-1　八重洲口大栄ビル7F
　　　　　ＴＥＬ 販売部03-6202-0386（ご注文等に関するお問い合わせ）
　　　　　https://starts-pub.jp/

印 刷 所　共同印刷株式会社
Printed in Japan

乱丁・落丁などの不良品はお取替えいたします。上記販売部までお問い合わせください。
本書を無断で複写することは、著作権法により禁じられています。
定価はカバーに記載されています。

ISBN 978-4-8137-0552-9　C0193

ケータイ小説文庫　2018年10月発売

『無気力王子とじれ甘同居。』雨乃めこ・著

高2の祐実はひとり暮らし中。ある日突然、大家さんの手違いで、授業中居眠りばかりだけど学年一イケメンな無気力男子・松下くんと同居することになってしまう。マイペースな彼に振り回される祐実だけど、勝手に添い寝をして甘えてきたり、普段とは違う一面を見せる彼に惹かれていって…？
ISBN978-4-8137-0550-5
定価：本体590円+税

ピンクレーベル

『俺の愛も絆も、全部お前にくれてやる。』晴虹・著

全国でNo.1の不良少女、通称"黄金の桜"である泉は、ある理由から男装して中学に入学する。そこは不良の集まる学校で、涼をはじめとする仲間に出会い、タイマンや新入生VS在校生の"戦争"を通して仲良くなる。涼の優しさに泉は惹かれはじめるものの、泉は自分を偽り続けていて…？
ISBN978-4-8137-0551-2
定価：本体590円+税

ピンクレーベル

『新装版 キミのイタズラに涙する。』cheeery・著

高校1年の沙良は、イタズラ好きのイケメン・隆平と同じクラスになる。いつも温かく愛のあるイタズラを仕掛ける彼に、イジメを受けていた満は救われ、沙良も惹かれていく。思いきって告白するが、彼は返事を保留にしたまま、白血病で倒れてしまい…。第9回日本ケータイ小説大賞・優秀賞＆TSUTAYA賞受賞の人気作が、新装版で登場！
ISBN978-4-8137-0553-6
定価：本体580円+税

ブルーレーベル

『復讐日記』西羽咲花月・著

17歳の彩愛は、高校中退の原因を作った元彼の剛を死ぬほど恨んでいた。ある日、親友の花音から恨んでいる人に復讐できるという日記帳を手渡される。半信半疑で日記を書きはじめる彩愛。すると、彩愛のまわりで事件が起こりはじめ、彩愛は取り憑かれたように日記へとハマっていくのだった…。
ISBN978-4-8137-0556-7
定価：本体570円+税

ブラックレーベル

ケータイ小説文庫　好評の既刊

『君と恋して、幸せでした。』善生茉由佳・著

中2の可菜子は幼なじみの透矢に片想いをしている。小5の時、恋心を自覚してからずっと。可菜子は透矢にいつか想いを伝えたいと願っていたが、人気者の三坂に告白される。それがきっかけで透矢との距離が縮まり、ふたりは付き合うことに。絆を深めるふたりだったけど、透矢が事故に遭い…？

ISBN978-4-8137-0532-1
定価：本体620円＋税　　　　　　　　　　　　　**ブルーレーベル**

『この想いが届かなくても、君だけを好きでいさせて。』朝比奈希夜・著

女子に人気の幼なじみ・俊介に片想い中の里穂。想いを伝えようと思っていた矢先、もうひとりの幼なじみの稔が病に倒れてしまう。里穂は余命を告げられた稔に「一緒にいてほしい」と告白された。恋心と大切な幼なじみとの絆の間で揺れ動く里穂が選んだのは…。悲しい運命に号泣の物語。

ISBN978-4-8137-0513-0
定価：本体560円＋税　　　　　　　　　　　　　**ブルーレーベル**

『金魚すくい』浪速ゆう・著

なんとなく形だけ付き合っていた高2の柚子と雄馬のもとに、10年前に失踪した幼なじみの優が戻ってきた。その日を境に3人の関係が動き始め、それぞれが心に抱える"傷"や"闇"が次から次へと明らかになるのだった…。悩み苦しみながらも成長していく高校生の姿を描いた青春ラブストーリー。

ISBN978-4-8137-0514-7
定価：本体580円＋税　　　　　　　　　　　　　**ブルーレーベル**

『僕は君に夏をあげたかった。』清水きり・著

家にも学校にも居場所がない麻衣子は、16歳の夏の間だけ、海辺にある祖父の家で暮らすことに。そこで再会したのは、初恋の相手・夏だった。2人は想いを通じ合わせるけれど、病と闘う夏に残された時間はわずかで…。大切な人との再会と別れを経験し、成長していく主人公を描いた純愛ストーリー。

ISBN978-4-8137-0496-6
定価：本体560円＋税税　　　　　　　　　　　　**ブルーレーベル**

読むたび何度でも恋をする…全力恋宣言！
毎月25日はケータイ小説文庫の日♥

心に沁みるピュアラブやキラキラの青春小説、
「野いちご」ならではの胸キュン小説など、注目作が続々登場！

ケータイ小説文庫　2018年11月発売

『新装版 苺キャンディ』 Mai(マイ)・著

16歳の未央はひょんなことから父の友人の家に居候することに。そこにはマイペースで強引だけどイケメンな、同い年の要が住んでいた。初対面のはずなのに、愛しそうに未央のことを見つめる要にキスされ戸惑う未央。でも、実はふたりは以前出会っていたような…？　運命的な同居ラブにドキドキ！

ISBN978-4-8137-0569-7
予価：本体500円+税

ピンクレーベル

『幼なじみに溺愛されています。』 *あいら*・著

高2の真由は隣に住む幼なじみ・煌貴と仲良し。彼はなんでもできちゃうイケメンで女子に大人気だけど、"冷血王子"と呼ばれるほど無愛想。そんな煌貴に突然「俺のものになって」とキスされて…。お兄ちゃんみたいな存在だったのに、ドキドキが止まらない!!　甘々120%な溺愛シリーズ第1弾！

ISBN978-4-8137-0570-3
予価：本体500円+税

ピンクレーベル

『新装版 サヨナラのしずく』 juna(ジュナ)・著

優等生だけど、孤独で居場所がみつからない高校生の雫。繁華街で危ないところを、謎の男・シュンに助けられる。お互いの寂しさを埋めるように惹かれ合うふたりだが、元暴走族の総長だった彼には秘密があり、雫を守るために別れを決意する。愛する人との出会いと別れ。号泣必至の切ない物語。

ISBN978-4-8137-0571-0
予価：本体500円+税

ブルーレーベル

書店店頭にご希望の本がない場合は、
書店にてご注文いただけます。